今こそよみたい近代短歌

長澤ちづ
山田吉郎
鈴木泰恵

翰林書房

今こそよみたい近代短歌

もくじ

まえがき

東日本大震災という未曾有の災害から一年を経て、私達の意識は大きく変わったように思います。日々の暮し方そのものが変化し、何気なく使っていた言葉への意識も変わりました。震災当初、余りの被害の甚大さに、言葉の無力を痛感した時期を経て、言葉に拠って被災地と繋がることも、一つの心の表し方だと思えるようになりました。

しかし、言葉というものは、便利に使っていると摩滅します。「未曾有の災害」という、この語さえ最早、衝撃力を失っています。二〇一一年の漢字に選ばれた「絆」も、そもそもの心の繋がりからは浮遊してコマーシャル化されてしまった気配があります。

その摩滅して捉えどころのなくなった言葉に、新たな生命を吹き込み、どんな時代にあっても色褪せず人の心をとらえるのが詩歌だと思います。ことに短歌は和歌と呼ばれた時代から千数百年の伝統の中に磨き込まれた韻律です。短歌は人肌に近い手触りと体温を持ち日本人の呼吸に最もあった詩型と言われています。

ここで取り上げる近代短歌とは、明治時代になり西欧文化の影響を受けて生まれた新しい価値観のもと、正岡子規や与謝野鉄幹・晶子の和歌革新運動を経て発展してきた短歌を差します。

近代短歌と現代短歌の境界についても諸説ありますが、近代短歌の大家、斎藤茂吉や釈迢空が亡くなった昭和二十八年頃を終焉の時期と見るのが、一般的なようで、本書も概ねそれに従い、近代短歌が作歌理念とした自然主義リアリズムを越えようとする方法意識をもって作歌活動を行った、塚本邦雄等前衛短歌を牽引した歌人までを対象としました。

本書は震災前の一月に企画されました。初めて短歌を勉強する大学生に、明治以降の近代短歌の魅力をもっと伝えたいという会話から始まりました。一般的な文学史の中に、ごく常識的な範囲でしか取り上げられていない歌人たちの作品一首一首を、もっと自由に鑑賞の幅を広げて読める、堅苦しくないテキスト作りを目指しました。しかし、この震災後の困難な時代に直面し、当初の目的とはまた違った意味合いを本書は担い始めた気がします。近代短歌から、短歌の方法論を学べることは勿論ですが、それればかりではなく、近代の歌人たちが、苦境に遭遇したときに、短歌を通して如何にその状況を克服し、未来を切り拓いたかを身近に感じることができればと思います。

執筆者に学者ばかりでなく、短歌の実作者にも多く加わっていただいたのは、実際の短歌創作の立場から見えてくる世界へも導いて下さればと思ったからです。大学生に教えるという場では経験不足の私が編者に加えられたのは、実作者である現代の歌人への掛け橋となり得る立場が期待されたからと思っています。

執筆者の方々が愛情を込めて作者に向かい、掲出歌を選択し、鑑賞して下さったその熱意があればこそ本書が実現しました。心から感謝申し上げます。大学で勉強する人ばかりではなく短歌に興味のある一人でも多くの人が手にし、近代短歌の妙味を味わっていただければ幸いです。
最後になりましたが、このような企画を発案し、自由な視点から取り上げ論じる機会を与えて下さいました翰林書房社主今井肇・静江御夫妻にも衷心より御礼申し上げます。

二〇一二年三月

長澤ちづ

凡例

一、本書は、近代短歌について主要歌人の略歴と秀歌鑑賞を収め、併せて短歌表現、近代短歌史、参考文献を付したものである。

一、本書では、落合直文から塚本邦雄まで32名の歌人を取り上げた。歌人の選定については編者の合議によったが、近代短歌を対象とする本書の趣旨から、現在活躍中の歌人は除外した。

一、歌人の配列については、必ずしも生年順によらず、近代短歌史における活動を考慮しつつ編者の合議によった。

一、引用歌については各執筆者の選定によったが、代表作を含めて選定するよう編者から依頼した。

一、各歌人の解説の末尾に参考文献を付し、テキスト・参考書を検索する一助とした。

一、引用歌の仮名遣いは原文のままとしたが、漢字については基本的に新字を用いた。

短歌の歴史

山田吉郎

1　明治維新と歌壇

明治維新が日本の政治、社会、文化等多方面にわたる大規模な変革をもたらしたことは周知のところである。政治、社会体制は一気に移り変わったが、千年を超える伝統を有する和歌（短歌）にあっては事情を異にしていた。文学の分野においても、漱石・鷗外らがそれぞれイギリス・ドイツに留学して、西欧文化の受容のもと小説形式の形成、発展に啓蒙的役割を果たしたのとは異なり、短歌においては当初から西洋文化と日本の伝統との重い拮抗が生じたと想像される。とくに花鳥風月を題材とし風雅を旨とするいわゆる旧派和歌と、西洋のリアリズムとは、その文芸構造に大きな隔たりがあり、容易に同化するものではなかった。正岡子規の主導するいわゆる写生の短歌がようやく明治三十年代に至って受け容れられてゆくのも、そのことを物語っているであろう。また、西洋の浪漫主義を高く掲げる明星派の短歌が青年層に熱く迎えられるのも、やはり明治三十年代に至ってからである。

このように見てくると、四十五年に及ぶ明治期において、短歌に関する限り、少なくともその前半期は一種の過渡期的様相を呈していたと捉えることもできよう。

さて、明治初期の歌壇は、先述のように旧派和歌がなお存続する状況を呈していた。具体的には、『桂園一枝』を著した幕末の歌人香川景樹の門流である桂園派を中心に、堂上派、鈴屋派などが旧派歌壇の主勢力を形成していた。これらの旧派歌人たちは、明治にはいって宮中に設けられた歌道にかかわる要職を歴任してゆくことになる。

桂園派の歌人としては、八田知紀、渡忠秋、間島冬道、高崎正風らがいる。宮中の和歌にかかわる機関としては明治二十一年に設けられた宮内省御歌所が有名であるが、その初代の御歌所長をつとめたのは、八田知紀の弟子である高崎正風である。このとき間島冬道も寄人に就いている。また、これ以前に宮内省御歌所のいわば前身と見なされるいくつかの機関や役職があり、八田知紀は明治五年に歌道御用掛を、渡忠秋は明治九年に高崎とともに文学御用掛をつとめている。

堂上派の歌人としては、三条西季知や冷泉為紀、千種有任などがおり、鈴屋派の歌人としては、近藤芳樹、本居豊頴、福羽美静、小出粲らがいる。彼らも桂園派と同じく宮中の歌道の要職に就いている。

これらの歌人の中で、八田知紀はその弟子の高崎正風と並んで、旧派歌壇の最も枢要な位置にいた歌人である。

八田知紀は鹿児島に生まれ、薩摩藩士として島津家に仕えた武士であった。香川景樹に師事し、晩年には宮中皇学所の講官や歌道御用掛をつとめている。歌風は典雅な風格をそなえた古今調の中に、なおその枠に収まりきらない歌柄の大きさが感じられ、そこに動乱期を薩摩藩士として生きた境涯に繋がるものがあろう。歌集に『しのぶぐさ』ほかがある。

おほひえの峯に夕ゐる白雲のさびしき秋になりにけるかな

うつせみのわが世のかぎり見るべきは嵐の山の桜なりけり

とくに後者の作は風雅の中に荒ぶる魂といったものがかいま見られよう。

八田知紀と同じく薩摩藩の武士であった高崎正風は、明治二十一年、御歌所が設けられると初代の所長となり、以後長く務めた。没後『たづがね集』三巻が出ている。高崎はまさに旧派和歌の代表格で、明治の短歌革新運動のさなかにはしばしば批評の対象となった。

光なき朧月夜に見ゆるまで木のもと白く梅ちりにけり

思ふことつらぬかでやはやみぬべき岩きり通す水もある世に

一首目は伝統的歌材を詠み、手慣れてはいるが新味に欠ける面はあろう。二首目は正風の代表歌で、薩摩藩の出である気概といったものが看取される。

このほか少なからぬ旧派歌人がいるが、歌の引用は略したい。なお、税所敦子・中島歌子といった旧派の女流歌人の名も逸することはできない。とくに中島は上流婦人向けに歌文を教える塾（萩の舎）を営んで多くの門人を擁し、その中には三宅歌圃・樋口一葉といった女流文学者が集まった。

2　近代短歌の胎動

明治になって、蒸気機関車や電信・電話といった西洋の文物が急速に流入してきたが、和歌の世界にも、従来の花鳥風月だけでなく、新時代にふさわしい歌材をもとめようとする運動が起こった。その一つのあらわれが開化新題和歌の出現である。岡部啓五郎編『明治好音集』（明八）、橘東世子編『明治歌集第一編』（明九）、大久保忠保編『開化新題歌集』第一篇〜第三篇（明一一〜一七）、佐佐木弘綱編『明治開化和歌集』（明一三）ほかがある。

天津日のあゆみにならふ暦にもひらけゆく世のしるしみえけり（横山由清）

千里ゆく車のけぶりこれもまた虎のいぶきのここちこそすれ（蔵田重時）

里の子も文の林に入立てみちをもとむる世となりにけり（中島歌子）

『開化新題歌集』第一篇より引いた。それぞれ太陽暦・汽車・小学校をうたったものである。たしかに新時代の文物を取り入れ新たな短歌のあり方を示してはいたけれども、それはおおむね歌材に限られていて、新しい短歌の手法を切り拓くものとは言えなかった。

同じ頃、『新体詩抄』（明一五）が丸善書店から刊行されて反響を呼んだ。井上哲次郎、矢田部良吉、外山正一といった学者による訳詩・創作詩を収録した詩集であり、直接短歌にかかわるものではなかったが、短歌や漢詩などの伝統的詩型を批判し、新たな詩形式を提唱したものである。

明治二十年代になると、萩野由之の和歌改良論が世に出る。明治二十三年『国学和歌改良論』として刊行されたが、そこでは古来の和歌の至らざるところを指摘し、歌題・歌格・歌調・歌材の四点を論じ、この後に登場する与謝野鉄幹の短歌革新の意識にも刺激を与えたといわれるものである。

つづいて注目されるのが、あさ香社の創立である。落合直文は最初「孝女白菊の歌」を『東洋学会雑誌』に発表して詩人として注目されたが、やがて明治二十六年二月、あさ香社を設立して短歌に新風をもたらしてゆく。あさ香社には、与謝野鉄幹・大町桂月・鮎貝槐園・金子薫園・久保猪之吉・尾上柴舟・服部躬治《もとはる》らが集まった。直文はそれぞれが独自の歌を詠むように指導していたと言われ、そこからやがて与謝野鉄幹という短歌の革新者が生まれてくるのである。

緋縅《ひおどし》の鎧をつけて太刀はきて見ばやとぞおもふ山桜花

萩寺は萩のみおほし露の身のおくつきどころここと定めむ

直文の歌風は決して旧派を抜け出したものではないが、たとえば一首目などは、当時直文が勤めていた第一高等中学校の青年たちに支持され、「緋縅の直文」と呼ばれたという。

ともあれ、以上見てきたような明治十年代、二十年代の短歌史の歩みを経て、やがて与謝野鉄幹・正岡子規という近代の短歌改革者が登場することとなるのである。

3　与謝野鉄幹と『明星』

与謝野鉄幹の文学活動は、明治二十五年上京して落合直文の許に入門し、翌年に創立された「あさ香社」に加わることにより本格化する。そして、二十七年五月『二六新報』に連載された「亡国の音」によって、歌壇の注目を浴びるようになった。「亡国の音」は「現代の非丈夫的和歌を罵る」という衝撃的な副題が付され、御歌所を中心とした旧派和歌を徹底して批判したものであった。やがて鉄幹は、明治三十二年末に東京新詩社を設立し、翌三十三年『明星』の創刊に至るのである。

『明星』は最初はタブロイド版で、総合文芸誌的な色彩が強かったが、やがて第六号から雑誌形態となり、多くの新進歌人を輩出した。鉄幹のほか、与謝野晶子・山川登美子・増田（茅野）雅子などが主要同人として知られる。さらに、高村光太郎・北原白秋・石川啄木・吉井勇をはじめ、後に日本の詩歌界を背負うことになる多くの有力な文学者が在籍していたことでも知られている。

『明星』は、理想を高く掲げ、恋愛を謳歌し、自我の解放を志向したいわゆる浪漫主義文学運動の牙城として注目された。星菫調の歌風の確立である。鉄幹の作を次に示そう。

韓《から》にして、いかでか死なむ。われ死なば、をのこの歌ぞ、また廃れなむ。（『東西南北』）

われ男の子意気の子名の子つるぎの子詩の子恋の子あゝもだえの子（『紫』）

頭初は「亡国の音」に代表されるようなますらおぶりの歌風を示し虎剣調を標榜していた鉄幹だ

が、やがて与謝野晶子を妻に迎える頃から恋にもだえる心情をうたう恋愛讃美の歌風へと移行していった。

鉄幹の強力な支援を受けて『明星』の表舞台に立ったのが与謝野晶子である。晶子は『明星』第二号に、

肩あげをとりて大人《おとな》になりぬると告げやる文のはづかしきかな

などの初々しく情感のにおいやかな作をたずさえて登場し、その後『明星』に華麗な恋愛歌の世界を繰り広げてゆく。

やは肌のあつき血汐にふれも見でさびしからずや道を説く君

その子二十《はたち》櫛にながるる黒髪のおごりの春のうつくしきかな

『みだれ髪』（明三四）の文字通り代表歌である。官能の解放と自己陶酔に充ちた青春の抒情は、幅広い支持を得た。晶子は多くの歌集を上梓し、また文化学院の教育や『源氏物語』の現代語訳でも知られる近代屈指の歌人である。

鉄幹・晶子のほか、『明星』を代表する歌人として山川登美子・増田（茅野）雅子がいる。この二人は晶子とともに合著歌集『恋衣』（明三八）を上梓している。

それとなく紅き花みな友にゆづりそむきて泣きて忘れ草つむ（山川登美子）

しら梅の衣《きぬ》にかをると見しまでよ君とは云はじ春の夜の夢（増田雅子）

ともに清楚な調べを特徴とし、官能的な晶子の歌風とは対照的な色彩を放った。なお、登美子はこののち夫の死に遭い、また自らも病に仆れ薄幸な生涯を閉じることになる。

4　正岡子規と根岸派

正岡子規が俳句革新から短歌革新へと目を向けたのは明治三十年頃である。その際子規は、新聞『日本』を拠点に旧派和歌の基本をなす古今集を批判して万葉尊重を提唱した。「歌よみに与ふる書」でなされた紀貫之批判はよく知られている。

子規は、洋画家の中村不折から学んだという写生の手法を導入して数々の佳作を詠んだ。

縁先に玉巻く芭蕉玉解けて五尺の緑手水鉢を掩ふ

くれなゐの二尺伸びたる薔薇の芽の針やはらかに春雨のふる

こうした視覚のはたらきを中心に据えた写生を用いて、叙景歌に新機軸を打ち出したが、やがて最晩年に至ると、結核と脊椎カリエスに侵された病床六尺の境涯の中に、叙景をおのずから融合させた佳作を生んでゆく。

瓶にさす藤の花ぶさみじかければたゝみの上にとゞかざりけり

いちはつの花咲きいでて我目《わが》には今年ばかりの春行かんとす

いずれも植物を凝視し、生命の律動と、おのが生のゆくえを思う心を重ね合わせた作であり、こうした歌のあり方は後の近代短歌の基底を形成していったと言えるであろう。

この子規のもとには、伊藤左千夫や長塚節をはじめ子規に傾倒する歌人が集まり、子規の居住する根岸の地名にちなみ、根岸短歌会を形成した。明星派（新詩社）に比べればその勢力は小さなものではあったけれども、子規の提唱する写生短歌はこののち近代短歌の重要な骨格を形づくることになるのである。

明治三十五年子規はかぞえ年三十六歳で世を去ってしまうが、没後『竹の里歌』にまとめられた歌業は、前述の左千夫や節、さらには島木赤彦、斎藤茂吉らに引き継がれ、やがて『アララギ』の発展へと繋がってゆくことになるのである
子規が亡くなった時、子規の周辺には伊藤左千夫、香取秀真、岡麓、蕨真、長塚節らがいた。彼らは子規の写生を基本に据えた短歌観を受け継ぎ、新たな文学活動へと踏み出してゆく。短歌誌『馬酔木』の創刊がそれである。この『馬酔木』は子規逝去の翌年（明三六）六月に創刊され、明治四十一年一月まで刊行されている。その後、『アカネ』（明四一・二～四二・七休刊）を経て、『アララギ』が四十二年十月に創刊されることになるのである。こうした子規没後の一連の動向の中で歌人としての存在感を示しているのはやはり伊藤左千夫・長塚節の二人であろう。

伊藤左千夫は明治三十三年、三十七歳の時に三十四歳の子規に入門し、以後子規に私淑した。子規没後は既述のように『馬酔木』の指導者的位置にあり、やがて入門してきた斎藤茂吉の歌の添削も行

った。このほか、左千夫は子規の提唱した写生文にも長じ、『野菊の墓』や『隣の嫁』などの小説を書いている。左千夫の歌風は、子規の写実性を受け継ぎながらも描線が太く、叙事、叙景に歌柄の大きさが感じられる。

牛飼が歌よむ時に世のなかの新しき歌大いにおこる

九十九里の磯のたひらは天地の四方《よも》の寄合《よりあひ》に雲たむろせり

前者はその率直かつ大胆なうたい方に特徴があり、後者は風景の雄勁な写生に持ち味がある。左千夫は牛乳搾取業を営んでいたが、牛飼の歌は新たな短歌の時代の到来を実感させる作品として広く知られている。なお、晩年の左千夫は、

今朝《けさ》の朝の露ひやびやと秋草やすべて幽《かそ》けき寂滅《ほろび》の光

をはじめ幽遠、繊細な作を詠み、その歌風の奥行きには注目すべきものがあった。

一方、長塚節は、左千夫と同じく短歌と写生文の両方に才能を開花させた。子規を受け継ぐ写生的短歌に個性を示したが、左千夫に比べてその線は純一、繊細であり、加えて冴えた気品を漂わせる完成度の高い短歌作品を詠んだ。

馬追虫《うまおひ》の髭のそよろに来る秋はまなこを閉ぢて想ひ見るべし（『鍼の如く』）

白埴《しろはに》の瓶こそよけれ霧ながら朝はつめたき水くみにけり

一首目はしずかな秋の季節感の到来を人懐かしさをのぞかせながら詠んだ佳作であり、二首目は冴

えた美術品に似た気品を放つ生涯の代表作である。その審美眼に支えられた節の短歌には追随を許さぬ結晶度の高さがあろう。

また、茨城の豪農の家に生まれた長塚節は、夏目漱石の推薦によって小説『土』を『東京朝日新聞』に連載し、写生文としてだけでなく、当時の自然主義文芸思潮の側面からも評価された。

以上見てきた伊藤左千夫・長塚節の二人は、ともに正岡子規との出会いを文学的出発点として位置づけ、子規の写生をそれぞれの方向に継承発展させて次世代につなぐ、近代写実主義短歌の水脈の枢要な位置に立つ歌人たちであったと言えよう。

5　明治三十年代の諸相

明治三十年代の短歌界は今まで見てきたように正岡子規の根岸短歌会と与謝野鉄幹の『明星』が対立する中で展開してきたと大枠では言えるであろう。しかしながら、事は決して単純ではない。まず、佐佐木信綱を中心とする竹柏会に注目しなければならないであろう。竹柏会の機関誌は最初『いささ川』であったが、明治三十一年に『心の華』（心の花）が創刊された。これは近代短歌最古の短歌結社誌として知られている。佐佐木信綱は指導理念として「広く深くおのがじしに」を掲げ、伝統的和歌と新時代の短歌観を繋ぎ合わせる寛容な姿勢を示した。信綱は歌人・国文学者として歌集・研究書など多くの著作を世に送り、昭和三十八年まで長命を保った。

幼きは幼きどちのものがたり葡萄のかげに月かたぶきぬ（『思草』）

ゆく秋の大和の国の薬師寺の塔の上なる一ひらの雲（『新月』）

いずれも伝統的な和歌の骨格をふまえながらも、そこには近代人のノスタルジーをさそう魅力を備えた多くの歌を詠んでいる。

竹柏会の歌人にはほかに、石榑千亦《いしぐれちまた》、新井洸《あきら》、木下利玄、川田順、九条武子、柳原白蓮らがいる。木下利玄、川田順の歌を一首ずつ引いておこう。

我が顔を雨後の地面に近づけてほしいままにはこべを愛す（利玄『銀』）

事無しにありふるいのちおびやかし地震《なゐ》の如くも追憶は来る（順『伎芸天』）

なお、川田順は太平洋戦争後、鈴鹿俊子との「老いらくの恋」が広く世間に喧伝された。

以上、竹柏会の歩みを一瞥したが、明治三十年代においてはもう一つ、尾上柴舟・金子薫園を中心とした叙景詩運動を逸することはできない。柴舟・薫園選の合著歌集『叙景詩』（明三五）は、「雲を写し、森を描き、草舎竹木を詠じ、田園蔬菜を賦し、一往直進、自然の懐に入る」（序文）ことを言挙げしたものであり、当時全盛であった明星派の浪漫主義に対抗し、自然の写実を提唱したものである。柴舟・薫園ともに長命で、柴舟は『銀鈴』『静夜』『日記の端より』など、薫園は『片われ月』『伶人』『覚めたる歌』など、ともに多くの歌集を上梓している。また柴舟は、こののち入門してきた前田夕暮や若山牧水らを擁して車前草社を起こし、『明星』に対抗する位置に立った。柴舟・薫園の代表的作品を一首ずつ引いておく。

つけすてし野火の煙のあかあかと見えゆく頃ぞ山はかなしき（柴舟『日記の端より』）

繊《ほそ》き月ひかりを帯びてきたるほど多摩川べりの黄昏に立つ（薫園『覚めたる歌』）

なお、この明治三十年代に出発した歌人に窪田空穂がいる。空穂は『文庫』に小松原はる子の名で投稿し、それが与謝野鉄幹によって『明星』に掲載された。『明星』を経て、十月会を結成した空穂は、明治三十九年に詩歌集『まひる野』を刊行、以後歌人・国文学者として昭和四十二年まで多くの歌集・研究書を世に送った。また大正三年には『国民文学』を創刊、太平洋戦争後には『まひる野』を創刊している。その歌風は、初期の浪漫性に、しだいに内省的な自然主義的要素が加わっていった。『まひる野』の次の一首は広く愛唱されている。

鉦鳴らし信濃の国を行き行かばありしながらの母見るらむか

次節で触れる自然主義歌人の前田夕暮なども、この歌に深く惹きつけられたことを述懐している。

6　自然主義短歌の時代

短歌における自然主義の流入は、小説のそれと比べ一定の時間を経てなされたと見るべきである。小説における自然主義は島崎藤村『破戒』（明三九）と田山花袋『蒲団』（明四〇）によって盛行を見るのであるが、一方、短歌における自然主義は、二、三年の時間差を置いて現出したと考えられる。

自然主義受容をめぐっての短歌・小説の間に見られる時間差は、背後に複雑な事情を背負っている。そこには、単に歌人に比べ小説家の方が自然主義受容に積極的であったという事情のみならず、短歌形式のもつ伝統の深さと西洋の文学思想との相克があったものと推察される。周知のように短歌形式は万葉以来千年を越える伝統を有する抒情詩であり、西洋の小説形式のもつ叙事性とは相容れぬ部分もあったものと考えられる。が、二、三年の時間差はあったものの、結局のところ短歌形式は自然主義を受け容れることになる。その自然主義短歌の代表的歌人として、前田夕暮・若山牧水・石川啄木・土岐哀果（善麿）らが登場してくることになるのである。

いち早く自然主義的詠風を示したのは前田夕暮である。夕暮は『新声』短歌欄の選者であった尾上柴舟のもとに入門後、車前草社同人を経て明治四十三年三月に第一歌集『収穫』を上梓し、ほぼ同時に『別離』を刊行した若山牧水とともに、自然主義的歌風の旗手的存在として注目された。世に牧水夕暮時代といわれ、『明星』の浪漫主義短歌に替わる新たな歌風を確立したのであった。

襟垢《えりあか》のつきし袷と古帽子《ふるぼうし》宿をいで行《ゆ》くさびしき男《をとこ》

風暗き都会の冬は来りけり帰りて牛乳《ちい》のつめたきを飲む

木に花咲き君わが妻とならむ日の四月なかなか遠くもあるかな

『収穫』作品から引いた。一首目の「襟垢」の語は田山花袋の小説『蒲団』や『田舎教師』にも見られるものであり、明らかに自然主義的素材からの影響がうかがわれる。二首目、三首目は文字通りの代表歌であるが、三首目は自らの結婚の日をうたったにおいやかな名作であり、浪漫的色彩もなお揺曳している点に特色があろう。なお、『収穫』「自序」中の、「通例人の思つたこと、感じたことを修飾せず、誇張せず、正直に歌ひたいと思ふ。」という一節は自然主義短歌を提唱した言葉として広く知られている。

若山牧水は、前田夕暮と同じく尾上柴舟の門から出発し、漂泊と自己凝視をモチーフに独自の歌風を確立した歌人である。夕暮が主として都市生活を題材として生活感情を詠んだのとは対照的に、牧水は山や海など自然を大きく包摂する形でうたっていった。

幾山河《いくやまかは》越えさりゆかば寂しさのはてなむ国ぞ今日も旅ゆく
白鳥《しらとり》は哀《かな》しからずや空の青海のあをにも染まずただよふ
山ねむる山のふもとに海ねむるかなしき春の国を旅ゆく

いずれも山河や海浜を旅するなかで、憧れと漂泊の思いをつづっており、人口に膾炙した作品である。牧水調といわれる独特の調べの美しさや、繊細な感傷、魂の漂泊感など、読者を魅了する歌風が確立されていった。こののち牧水は『路上』『死か芸術か』によって自己告白の寂寥を深めてゆく。生涯にわたって旅と酒を愛した歌人として牧水は現在もなお人々を惹きつけてやまない。

こうした夕暮・牧水とは一線を引きながら、同じく自然主義的な詠風を形成していった生活派の歌人たちがいる。石川啄木・土岐哀果（善麿）がその代表的な存在だが、ともに自己を取り巻く社会の動きに目を注ぎ、歌材を身辺の動きのみに閉ざすことがなかった点に特色がある。

石川啄木は盛岡中学在学中に『明星』に関心をもち、上京後は与謝野鉄幹に注目され、詩作に打ち込んだ。その後、父が宝徳寺の住職を罷免されたため、啄木は一家扶養と文学志望の相克の中で苦闘した。歌集には『一握の砂』のほか、遺歌集となった『悲しき玩具』がある。

・東海の小島の磯の白砂に
われ泣きぬれて
蟹とたはむる

・いのちなき砂のかなしさよ
さらさらと
握れば指のあひだより落つ

・はたらけど
はたらけど猶わが生活《くらし》楽にならざり
ぢつと手を見る

『一握の砂』より引いた。清新な感傷性を秘めた一首目、着眼の鋭さと感傷、思惟が交錯する二首目、現実生活の凝視をうかがわせる三首目など、いずれも『一握の砂』の代表歌としてしばしば取り上げられる作である。鮮明な形象とモチーフに特色があろう。なお、啄木が試みている三行書きのスタイルも注目された。こうした表記法を用いることにより、休止の位置に変化がもたらされ、従来の短歌の読みの流れと異なったものになっている。たとえば、三首目の作では、本来は上の句の終わりである第三句と下の句の始めである第四句の間の休止が取り払われ、替わって第四句と第五句の間に相当の休止が設けられているといった具合である。

土岐哀果（善麿）は明治四十三年にローマ字歌集『NAKIWARAI』を刊行し、その後四十五年に『黄昏に』を世に問い、生活派としての歌風を確立した。『黄昏に』から引く。

・指をもて遠く辿れば、水いろの、
ヴォルガの河の、
なつかしきかな

・働くために生けるにやあらむ、
生くるために働けるにや、
わからなくなれり。

・りんてん機、今こそ響け。
うれしくも、
東京版に、雪のふりいづ。

都市生活の労働に焦点をあてた清新な作風が注目された。なお、ローマ字歌集でも試みられていた三行書き短歌は、啄木に影響を与えたといわれている。

以上見てきたような短歌における自然主義的思潮は、現実生活をいかに短歌に詠みとるかという近代文学の宿命的とも言える命題を探究していったものであり、その後の近代短歌のあり方の骨格を形成したと捉えられるであろう。

7　耽美派の歌人

明治四十二年一月、『スバル』が創刊された。『スバル』には、前年に終刊となった『明星』で活躍していた吉井勇、北原白秋、平野万里、木下杢太郎らが参加し、おのずと浪漫的唯美的要素の水脈を曳く高踏的な文学雑誌という特色を打ち出していた。世は文壇、歌壇ともに自然主義文芸思潮が浸透していたが、自然主義の現実凝視的な要素を抱え込みながらも、『スバル』に拠った歌人たちには感覚と官能を重視し、新たな美的世界を構築しようとする傾向が認められた。

吉井勇は、『酒ほがひ』『祇園歌集』など浪漫的耽美的傾向がひときわつよく、この派の代表的歌人である。

夏は来ぬ相模の海の南風にわが瞳燃ゆわがこころ燃ゆ（『酒ほがひ』）

君にちかふ阿蘇の煙の絶ゆるとも万葉集の歌ほろぶとも

かにかくに祇園は恋し寝《ぬ》るときも枕の下《もと》を水のながるる

情熱的な浪漫歌や京都情緒に親炙した耽美的作品に個性を示し、明治末から大正初期の歌壇に耽美派短歌として広い支持を受けた。吉井勇はこのほか戯曲、小説などにも力を注ぎ、活動の幅の広い歌人であった。

また、北原白秋は歌人・詩人として活躍し、詩集『邪宗門』歌集『雲母集』など初期の詩歌集は吉井勇と同じく読者から高い支持を受けた。歌集『桐の花』では、「短歌は一箇の小さい緑の古宝玉である。」として、美的結晶としての短歌を重んずる姿勢を明らかにし、実作にその主張を形象化した。

春の鳥な鳴きそ鳴きそあかあかと外《と》の面《も》の草に日の入る夕

日の光金糸雀《カナリヤ》のごとく顫ふとき硝子に凭れば人のこひしき

いずれも白秋自ら銀笛哀慕調と名づけた一連の中にあり、まさに宝玉と言えるような美しく結晶化された作品である。光と色彩感を巧みに取り入れた絵画的構図、甘美な比喩の効果など、青春期の魂の息づきをモチーフとしながら、イメージ鮮やかな美的風景の構築に成功している。

ところで、真善美における美の強調は、時として善（倫理）との齟齬、摩擦を生ぜしめることがある。吉井勇、北原白秋ともにその生涯においてそうした苦難と遭遇することがあったが、とくに白秋の場合には、「桐の花事件」といわれる人妻松下俊子との恋愛に絡んで、一時姦通罪容疑で警察に逮捕されるという厳しい人生の局面に立たされることもあった。

かなしきは人間のみち牢獄《ひとや》みち馬車の軋《きし》みてゆく礫道《こいしみち》

の歌などはその境遇を切実に形象化している。

吉井勇、北原白秋の示した耽美派短歌のありようは、自然主義文芸思潮の影響がおおう当時の歌壇において鮮烈な光を放っていた。牧水・夕暮の作にも部分的には頽唐的な作も見られないわけではないが、吉井勇・北原白秋に至ってその要素は一つの流派といえるほどの存在感を示したのである。

8 大正初期の歌壇―外光派短歌の流行

明治四十三年（一九一〇）ロンドンで開催された後期印象派の絵画展の反響は世界各地に及び、日本でも雑誌『白樺』を介して流入した。ゴッホ、ゴーギャンをはじめ多くの西洋美術が紹介され、当時の美術界、文学界に広く影響を及ぼした。

たとえば、前田夕暮は大正二年四月に東京で行われた白樺主催第六回美術展覧会に行き、ゴッホ、ゴーギャンの絵画に深く傾倒した体験を語っている。彼は自叙伝『素描』の中で、ゴッホ、ゴーギャンへの感動を記したのち「この頃、私はしきりに生命の燃焼といふことをいつてゐた。（略）これは後期印象派の影響によると批評家もいひ、自分もさうかと信じて、その強烈な感覚的色彩はゴツホあたりからでも享け容れたやうに思つた。」と記している。こうした後期印象派を中心とする西洋美術への関心は、夕暮をはじめ斎藤茂吉、北原白秋、島木赤彦らの歌人たちに広く見られるところである。また詩人においても、萩原朔太郎、室生犀星、山村暮鳥、白鳥省吾などの作品にその影響が認められると思われる。

短歌に視点を絞れば、たとえば夕暮・茂吉の次のような作品を指摘することができる。

向日葵は金の油を身にあびてゆらりと高し日のちひささよ（夕暮『生くる日に』）

ムンヒの「臨終《りんじゅう》の部屋」をおもひいでいねなむとして夜の風をきく

ゴオガンの自画像みればみちのくに山蚕《やまこ》殺しその日おもほゆ（茂吉『赤光』）

あかあかと一本の道とほりたりたまきはる我が命なりけり（同『あらたま』）

直接的に絵画と結びつけるのも危険ではあるが、夕暮の向日葵の歌からはゴッホの代表作である向日葵の数々の絵画が想起されるし、茂吉の「あかあかと〜」の歌からは同じくゴッホの「種をまく人」が想起されるであろう。当時日本にやって来た絵画はほとんどが複製品であり、色彩については想像するしかなかったのが実情ではあるが、それでも当時の歌人たちは、その構図や筆致から大きな刺激を受け、さらにはゴッホやゴーギャンらの波乱の人生に深く惹きつけられたのであった。そしてその根底には、大正初期の生命感を主軸として展開された文芸、芸術思潮が横たわっていたであろう。

この西洋美術受容を契機とした外光派的歌風の流行はおそらく大正四、五年頃までつづいたであろう。が、やがてある種の熱狂の時代は過ぎ、歌人たちはそれぞれの個性のうながす道へと進んでゆく。歌集『切火』で、「夕焼空焦げきはまれる下にして氷らんとする湖の静けさ」の歌をはじめ外光派的作品を残した島木赤彦にしても、やがて夕暮や白秋との激しい論争を経て、写生と万葉主義を基調とした『アララギ』歌風を確立させてゆくことになるのである。

以上見てきたように大正初期の短歌界は西洋美術の強い影響下にあったが、大正四、五年頃を境にしだいに沈静化していったようである。そうした中で、外光派をつよく標榜していた前田夕暮なども沈静した作風に推移し、また『アララギ』も写生を根幹に据えた独自の道を歩みはじめるのである。なお、ほぼ同じ頃に象徴的手法を重んずる太田水穂が、妻の四賀光子とともに『潮音』を創刊し（大四）、芭蕉研究を基底に独自の歌風を切り拓いたことにも注目しておきたい。

秋の日の光りのなかにともる灯の蠟よりうすし鶏頭の冷（『冬菜』）

の歌は、そうした水穂歌風の代表作である。

9 『アララギ』の発展

『アララギ』の創刊は明治四十二年の十月であったが、大正二年大きな転換期が訪れる。それは、斎藤茂吉の処女歌集『赤光』（大二）巻頭に置かれた、

ひた走るわが道《みち》暗ししんしんと堪《こら》へかねたるわが道くらし

の歌に象徴的にあらわれているが、『アララギ』の指導者であった伊藤左千夫が突然亡くなったのである。信州滞在中に師左千夫の訃報を受け取った茂吉は、夜の道を島木赤彦に知らせるべく息を切ら

せて走っているのである。

この『アララギ』の指導者伊藤左千夫の死は、単に主宰者が亡くなったという以上の重い意味をもっていた。当時、島木赤彦、斎藤茂吉など『アララギ』の若手歌人と、師伊藤左千夫の間には短歌上の対立があり、溝が深まりつつあった。そんな折りの左千夫の急逝であり、茂吉・赤彦らは深い衝撃を受けたのである。そして、それは同時に、『アララギ』の大きな転換期の到来をも指し示していた。茂吉は後に「『アララギ』二十五巻回顧」(『アララギ』昭八・一)という文章の中で、この時の衝撃の深さに触れ、

門人等は今更の如くに驚愕緊張したのであり、翁の死を以て一区切の覚悟を痛切に感じたのである。


と記している。すなわち、伊藤左千夫の死が、『アララギ』の道程に大きな「一区切」をもたらすものであることを認識し、茂吉・赤彦らが考える新たな短歌のあり方へとまさに踏み出そうとする契機をなしたと捉えられるであろう。

さて、『アララギ』の新進歌人である島木赤彦・斎藤茂吉・古泉千樫・中村憲吉らは、同時代の北原白秋・若山牧水・前田夕暮らと厚い交流をなす中で、やがてその歌境と、『アララギ』の発展を図ってゆく。

これらの歌人の中で、伊藤左千夫没後の『アララギ』の発展に大きな貢献を果たしたのは、信州諏

訪生まれの島木赤彦（本名、久保田俊彦）である。赤彦は長野県師範学校を卒業後、長野県内で教職に就き、訓導・校長・諏訪郡視学をつとめた後、大正三年に単身上京し、歌誌『アララギ』の編集・発行に尽力した。その歌風は子規を受け継いで写生と万葉尊重を唱え、さらに全身の集中と鍛錬道によって「人生の寂寥所」に入り、「幽遠」「微細」な歌境を求めようとするものであった（赤彦「現歌壇と万葉集」）。

赤彦の歌風は、大正初期においては外光派的な特色を有したが、大正中期からは白秋・夕暮らとの論争を経て、しだいに鍛錬道による幽遠な写生短歌を探究してゆくことになる。

冬の日の光とほれる池の底に泥をかうむりて動かぬうろくづ（『氷魚』）

みづうみの氷は解けてなほ寒し三日月の影波にうつろふ（『太虚集』）

信濃路《しなのぢ》はいつ春にならむ夕づく日入りてしまらく黄なる空のいろ（『柹蔭集』）

写生を基底に据えながらも、人生の寂寥相を象徴する静謐、清澄な形象へとおのが歌境をすすめていったのである。

島木赤彦とともに、左千夫没後の『アララギ』を牽引したのは斎藤茂吉である。茂吉は精神科医としての道を歩みながら、子規に傾倒して短歌の道にはいったのだが、第一歌集『赤光』において、近代の重厚、鮮烈な歌境を切り拓いていった。写生に関しては赤彦と同じく主観的な要素が濃く、叙景が内なる生命感の象徴につながるような作風を呈した。

死に近き母に添寝《そひね》のしんしんと遠田《とほた》のかはづ天《てん》に聞《きこ》ゆる（『赤光』）

のど赤き玄鳥《つばくらめ》ふたつ屋梁《はり》に居て足乳《たらち》ねの母は死にたまふなり（『あらたま』）

草づたふ朝の螢よみじかかるわれのいのちを死なしむなゆめ

右の作は現実の景物に即しながら、写生を通して内部生命の形象化を果たしていると言える。こうした茂吉の写生観を表明したものとしては、実相観入説が有名である。

実相に観入して自然・自己一元の自己を写す。これが短歌上の写生である。

（「『短歌と写生』一家言」）

ここに示された茂吉の写生観は、先の赤彦の写生観とその主観の関与において重なりながら、その生命感の表出においては異なる様相を呈しているであろう。

大正期のアララギ派は、叙上の赤彦・茂吉らの活躍によって、当時の歌壇において他を圧する存在感を誇った。

『アララギ』に拠った他の主要歌人の作を以下にあげよう。

夕ふかしうまやの蚊遣燃え立ちて親子の馬の顔あかく見ゆ（古泉千樫『川のほとり』）

朴の木の冬木ながらに芽をもてりつくづく見ればむらさきに見ゆ（同『青牛集』）

土間のうへに燕くだれり梅雨ぐもり用もちて今日は人の来《きた》らず（中村憲吉『しがらみ』）

忘れたる昼餉《ひるげ》にたちぬ部屋ごとに暗くさみしき畳のしめり

これらの作品では、視覚や皮膚感覚などを通して日常の何気ない些事をうたいながら、そこに作者の生活感情を流し込んでゆく手法がとられている。現代に繋がる写生短歌の基本型がこの時期の『アララギ』の歌人たちに広く定着しているさまがうかがわれるであろう。そして、こうした叙景と生活感情との融合が多くの人々に支持され、『アララギ』の発展をもたらしたという側面もあると思われる。

以上の歌人のほか、『アララギ』には土屋文明や釈迢空（折口信夫）などの存在も看過できないのであるが、行論上、後の章で触れたいと思う。

10 『日光』の創刊と口語歌運動

大正十三年四月、雑誌『日光』が創刊される。『日光』は、昭和二年十二月の終刊まで全三十七冊発行された詩歌中心の文芸雑誌であるが、一面でこの雑誌には島木赤彦を中心とする『アララギ』に対立する歌人たちが集まり、反アララギ的色彩を示すものであったと言われている。『日光』に集まった歌人には北原白秋をはじめ前田夕暮・吉植庄亮・川田順・石原純・木下利玄らがいた。また『アララギ』を離脱した古泉千樫や釈迢空らが加わり、さらに画家の中川一政や俳人の萩原羅月が参加した。

『日光』第一巻第二号に掲げられた投稿規定には、

○何人の投稿も自由である。
○投稿の範囲も別に制限しない。只、短歌を主としてその他の詩歌・感想・論文等を従とする。

とあり、その自由闊達な気風が特色である。ここには明らかに写生と万葉主義を基底としたアララギ派に対するアンチテーゼが認められる。

さて、『日光』において推進された短歌上の新たな運動としては、やはり口語歌運動が注目される。この口語歌運動は実際には『日光』創刊の前年（大正十二年）の『詩と音楽』誌上に白秋や夕暮の口語歌が掲載されたのを端緒とするが、その後『日光』その他の雑誌に広く認められるようになるのである。白秋・夕暮の口語歌を試みに引いてみよう。

木の鉢に赤い漆で／ぽたりぽたりとなすりつけてある、／赤楊《はんのき》の花だ。（白秋）

銀のコップに、／なげ入れてある鮮緑の、／はこべ見てゐる。／熱のある朝だ。（夕暮）

白秋の作は「農民美術の歌」と題する一連中の歌で、当時の口語歌の中では最も成功したものであろう。概して当時の口語歌には完成度の高いものは多くない。

それに対して白秋や夕暮が「季節の窓」や「緑草心理」など新鮮な散文執筆へと表現の幅を広げていったことが注目されよう。これらは当時の文壇の新感覚派などモダニズム文学運動と呼応するものであって、間接的には彼らの短歌創作にも一定の反映が見られると思われる。

ところで、『日光』に参加した歌人の中で、この時期に刊行された歌集としては、木下利玄『一路』

（大一三）『立春』（大一四）、古泉千樫『川のほとり』（大一四）、釈迢空『海やまのあひだ』（大一四）などがあげられるが、この中で迢空の『海やまのあひだ』は、折口民俗学に裏打ちされた独自の短歌世界を造型して注目された。

人も　馬も　道ゆきつかれ死にゝけり。旅寝かさなるほどのかそけさ

山中《ナカ》は　月のおも昏《クラ》くなりにけり。四方のいきもの　絶えにけらしも

葛の花　踏みしだかれて、色あたらし。この山道を行きし人あり

山峡の風景とそれに透けて見える死者の魂の揺曳が迢空の短歌世界に独特の深みを与えていると言えよう。北原白秋は迢空を「黒衣の旅びと」と評し、迢空の歌の「ひそけさ」「かそけさ」がもつ「不思議な寂寥感」を指摘している。

『日光』はその後内紛を示し昭和二年に終刊するが、この雑誌は『アララギ』の指導者島木赤彦の死と踵を接する形で、新たな短歌の動向をうながす契機的役割を果たしたと考えられる。

11　昭和初期の歌壇

昭和初期の歌壇は、『アララギ』を中心とする写実主義短歌が安定した発展期を迎え、斎藤茂吉や土屋文明が主導的役割を果たした。とくに土屋文明は『往還集』（昭五）『山谷集』（昭一〇）によって、都市生活者としての生活感情を鮮烈に写しとる作風を確立し、『アララギ』の新たな時代への移行をつよく実感させた。

吾が見るは鶴見埋立地の一隅ながらほしいままなり機械力専制は

横須賀に戦争機械化を見しよりもここに個人を思ふは陰惨にすぐ

『山谷集』所収の一連「鶴見臨港鉄道」の作品である。時代と個人をきわやかに写しとる着眼と思惟に奥行きがあり、新しい時代の写実主義短歌のあり方を力強く指し示している。『アララギ』には柴生田稔・吉田正俊・落合京太郎など文明短歌に傾倒する有力歌人たちがいた。

一方、昭和初期は、口語歌や自由律歌が提唱されるなど、短歌形式における大きなうねりが生じた時期でもある。

昭和四年十一月二十八日に、『東京朝日新聞』が主催して行われた空中競詠が一つのモニュメンタルなできごとであった。斎藤茂吉・前田夕暮・吉植庄亮・土岐善麿の四人の歌人が飛行機に搭乗し、南関東を一周した。その時の歌が定型と自由律に二分されたのである。同日夕刊の新聞掲載作を引く。

飛行機にはじめて乗れば空わたる太陽の真理《ママ》を少し解せり（斎藤茂吉）

自然がずんずん体のなかを通つて行く。山、山、山（前田夕暮）

久方の空より見ればたたなはるわが国土はかくも美しき（吉植庄亮）

たちまち正面より近づき近づく富士の雪の光の全体（土岐善麿）

ここに見られる定型と自由律との対照は、当時の短歌界の状況を端的に物語っているであろう。近代的事物がひしめく都市生活とその生活感情を短歌に写しとるとき、従来の文語定型歌では収まりきらないものを自由律に託そうという志向が見られる。それは、たとえば飛行機の速度感と急展開する風景であったり、都市の立体的な風景とテンポの速い生活のリズムであったり、さまざまなものが考えられるが、そうした即物的な事象を一度文語に移し替え、定型のゆったりしたリズムに委ねることに一種のためらいが生じたとも考えられよう。上記の四人の歌人の中では前田夕暮がとくに深く自由律に移行し、昭和十七年まで自由律運動を推進していった。ただ、自由律短歌と短詩との境が模糊としている点や、五七五七七の音律を放棄したものが短歌と言えるのかという点はやはり問題点として残り、やがて自由律短歌運動の展開の中でさまざまに論議されてゆくことになる。

この自由律を推進した歌人には、夕暮も含めてモダニズム的な方面へ短歌表現の可能性を探究する西村陽吉・中野嘉一・清水信・石川信雄・大熊信行らがいた。また、プロレタリア短歌系の歌人たちも口語自由律を志向し、渡辺順三・石榑《いしくれ》（五島）茂・坪野哲久らの歌人を輩出した。このように多くの歌人たちが自由律に移行したのだが、たとえばプロレタリア歌人同盟が自由律のあり方に議論を重ね、昭和六年末に自ら短詩への解消を宣言していることからも明らかなように、自由律短歌の理論づけにはきわめて難しいものがあった。

以上見てきたように、定型、非定型をめぐるさまざまな動きを通して、短歌形式を新たな時代の中に生かす道が模索されていったと考えられよう。

なお、こうした流れの中に身を置きながらも、モダニズムを主体とした新たな短歌のあり方を鮮烈な感覚とイメージをたずさえて探究した歌人に前川佐美雄がいる。

六月のある日のあさの嵐《あらし》なりレモンをしぼれば露あをく垂る

こつこつと壁たたくとき壁のなかよりこたへるこゑはわが声なりき

『植物祭』（昭五）より。モダニズムを想起させるイメージの斬新さが見られ、当時の短歌表現のある意味の前衛をなしていたであろう。こののち前川は『日本歌人』を創刊し（昭一一）、現代短歌へと繋がる独自の道を拓いてゆく。

12　昭和十年代

昭和十年代に至ると、文学界には暗い戦争の影がさまざまな形で及んでくることになる。この昭和十年代の特色として、歌人や短歌作品を総体的にまとめようとする刊行物が少なくないことが指摘できる。すなわち、昭和十二年の『新万葉集』（刊行開始、改造社）、翌十三年の『支那事変歌集　戦地篇』、十七年の『愛国百人一首』、十八年の『大東亜戦争歌集　愛国篇』『大東亜戦争歌集　将兵篇』、同じく十八年の日本文学報国会短歌部会篇『大東亜戦争歌集』などが並ぶ。最初の『新万葉集』は昭和十年前後の文芸復興期の所産であるが、他の直接に戦争にかかわる刊行物の数々は、やはり戦争の時代と短歌との相関を示すものであり、短歌的抒情が国民の戦争意識とどのように繋がるかを後世の私たちに指し示すものでもあろう。

そうした暗い時代の中で、看過すべからざる歌人たちの軌跡が刻まれる。

北原白秋は昭和十年『多磨』を創刊し、以後「新幽玄体」を掲げ、伝統的美意識を基底に縹渺とした象徴性豊かな歌境を切り拓いていった。その白秋の活動には日本浪漫派との関連も指摘されているが、当時の歌人たちに支持され、白秋の『多磨』は歌壇においてきわめて有力な存在となっていった。

照る月の冷《ひえ》さだかなるあかり戸に眼は凝《こ》らしつつ盲《し》ひてゆくなり

『黒檜』（昭一五）より。眼を病んだ白秋晩年の幽暗な歌境が示された名歌である。

写実派の歌集では、佐藤佐太郎『歩道』（昭一五）、斎藤茂吉『白桃』（昭一七）がこの時期に刊行されている。

飾窓《ウインド》の紅《あか》き花らは気《いき》ごもり夜《よる》の歩道のゆきずりに見ゆ（『歩道』）

春の雲かたよりゆきし昼《ひる》つかたとほき真菰《まこも》に雁《がん》しづまりぬ（『白桃』）

いずれも『アララギ』の写生短歌の水脈を確かに受け継いだ作であるが、とくに佐太郎の短歌は都市生活者の哀歓を景物の写実に託してきわやかに詠んだ作として高い評価を受けた。

このほか、昭和十年代には注目すべき歌集が多い。窪田空穂『郷愁』（昭一二）、今井邦子『明日香

路』(昭一三)、明石海人『白描』(昭一四)、川田順『鷲』(昭一五)、会津八一『鹿鳴集』(昭一五)、斎藤史『魚歌』(昭一五)、鹿児島寿蔵『潮汐』(昭一六)、吉田正俊『天沼』(昭一六)、木俣修『高志』(昭一七)、土屋文明『小安集』(昭一八)、吉井勇『玄冬』(昭一九)ほかがある。

なお、昭和十五年に新進歌人を結集した歌集『新風十人』が刊行されていることを特記しておきたい。筏井嘉一・加藤将之・五島美代子・斎藤史・佐藤佐太郎・館山一子・常見千香夫・坪野哲久・福田栄一・前川佐美雄の十人が出詠し、新たな世代の作風を予見させた。実際にこの中の多くの歌人が戦後短歌の牽引者となってゆくのである。

13　戦後短歌の出発─第二芸術論の衝撃

昭和二十年八月十五日、日本の戦後史がはじまる。焼跡の中から戦後社会の再出発がなされるが、短歌界は予想以上に早い復活を示した。短歌ジャーナリズムの中心となる『短歌研究』は翌九月には刊行を再開した。また、昭和二十年後半から二十一年へかけて、『アララギ』『多磨』『潮音』『人民短歌』『まひる野』『古今』『八雲』などの歌誌が復刊してゆく。その間、土岐善麿『夏草』、宮柊二『群鶏』などの歌集も刊行され、歌人たちの復活の意志がつよく打ち出された。ところが、短歌界を揺るがすような評論が、すなわち今日「第二芸術論」の名で呼ばれる短歌否定論が二十一年から公にされるようになるのである。二十一年には、小田切秀雄「歌の条件」(三月)、臼井吉見「短歌への訣別」

（五月）、桑原武夫「第二芸術」（十一月）が発表され、翌二十二年五月には桑原の「短歌の運命」が発表されてゆく。桑原武夫は「第二芸術」で「現代俳句に人生を盛ることがいかに困難であるか」と述べ、さらに「短歌の運命」において、

三十一文字の短い抒情詩は、あまり社会の複雑な機構など知らぬ、素朴な心が何か思いつめて歌い出るときに美しいが、年とともに世界を知ってくると、その複雑さをもこめての幅のあり、ひだのある感動を歌うにはあまりに形が小さすぎ、何かを切りすてて歌わざるを得ない。その無理が作家の人間としての成長を妨げ、あるいは成長してもその全的表現をゆるさぬのではなかろうか。

と記している。小説や戯曲と比較しながら短歌形式の狭小さを指摘しているが、端的に言って戦後短歌は、第二芸術論の突きつけた短歌上の課題にいかに取り組み、いかに乗り越えるかを最重要のテーマとしていたのであった。

こうした短歌否定論に対して、短歌界ではこれに答えようとする動きが起こった。一つは昭和二十一年十二月に創刊された短歌雑誌『八雲』である。この編集に携わったのは久保田正文と木俣修で、評論と実作の双方で短歌否定論を乗り越えようとする道を模索した。

この時期のもう一つの重要なできごとは、当時の若手の歌人たちを中心に新歌人集団が結成されたことである。近藤芳美・宮柊二・大野誠夫・加藤克巳・小名木綱夫・小暮政次・中野菊夫・福戸国

人・山田あき・山本友一らがメンバーであり、後には前田透・香川進・高安国世らが参加した。これらの中で、近藤芳美・宮柊二・大野誠夫の代表作を引く。

さながらに焼けしトラック寄り合ひて汀の如きあらき時雨よ（近藤芳美『埃吹く街』）

耳を切りしヴァン・ゴッホを思ひ孤独を思ひ戦争と個人をおもひて眠らず（宮柊二『山西省』）

兵たりしものさまよへる風の市白きマフラーをまきゐたり哀《かな》し（大野誠夫『薔薇祭』）

これらの歌人たちは、いずれも戦後短歌史の中で重要な役割を果たしてゆく人々である。それぞれが戦争にかかわる題材を詠み込み、リアリズムに立脚しつつ、戦争体験を基底に置いて、自らの歌境を確立してゆこうとした人々である。新歌人集団に拠った歌人たちは、たとえば近藤芳美の『未来』、宮柊二の『コスモス』など、その多くが新たに自らの結社を起こし、戦後短歌を主導してゆくことになる。

なお、終戦直後の歌壇では、大家から中堅、新人までその歌集の出版はわりあい盛んである。佐藤佐太郎『立房』（昭二二）、釈迢空『古代感愛集』（昭二二）、吉野秀雄『寒蟬集』（昭二二）、近藤芳美『早春歌』『埃吹く街』（昭二三）、宮柊二『小紺珠』（昭二三）土屋文明『山下水』（昭二三）、宮柊二『山西省』（昭二四）、高安国世『真実』（昭二四）、斎藤茂吉『白き山』（昭二四）、窪田空穂『冬木原』（昭二六）、川田順『東帰』（昭二七）、宮柊二『日本挽歌』（昭二八）などが刊行され、高い評価を受けてゆく。また、昭和二十四年に女人短歌会が結成され、翌二十五年以降、女流の歌集上梓が活発化してゆくのが一つの特徴として指摘できよう。すなわち、長澤美津『雲を呼ぶ』（昭二五）、生方たつゑ『浅紅』（昭二五）、葛原妙子『橙黄』（昭二五）、山田あき『紺』（昭二六）、五島美代子『母の歌集』（昭二八）、斎藤史『うたのゆくへ』（昭二八）、森岡貞香『白蛾』（昭二八）、三国玲子『空を指す枝』（昭二九）などである。このの ち戦後の短歌史においては女流の活躍が顕著になってくるが、その先駆けが昭和二十年代において明瞭に認められる。

そうした中、昭和二十六年には前田夕暮・金子薫園が逝き、二十八年には斎藤茂吉・釈迢空が逝く。近代短歌を背負ってきた歌人たちが逝き、時代は新たな世代の活動に確実に移ってゆくのである。

14　前衛短歌の出発

戦後短歌の牽引者であった近藤芳美にしても、宮柊二にしても、基本的にはリアリズムを主体とする作風を保持していたが、戦後においては非写実を前面に押し出した歌人たちの出現を見る。葛原妙子『橙黄』（昭二五）、塚本邦雄『水葬物語』（昭二六）などの歌集にその顕在化が見られるが、『短歌研究』の五十首詠募集に入選した中城ふみ子、寺山修司の出現によって、それはいわゆる前衛短歌運動としての大きなうねりをもたらした。『短歌研究』の編集者中井英夫により短歌ジャーナリズムが大きな衝撃を与えた形である。

昭和二十九年、第一回五十首詠の特選に推された中城ふみ子の「乳房喪失」は、自らの切迫した病状と波乱に充ちた境涯を背景に、自在な想像力を駆使し、自虐的な情念の奔出を形象化した。

唇を捺《お》されて乳房熱かりき癌は嘲ふがにひそかに成さる

その作品は歌集『乳房喪失』として川端康成の序文を添えただちに刊行されるが、その上梓と踵を接するようにふみ子は八月に世を去った。

つづいて中城ふみ子に刺激された寺山修司が第二回の五十首詠に「チエホフ祭」で登場するに及んで、前衛短歌運動は本格的な展開を示してゆく。寺山はその後『空には本』（昭三三）、『血と麦』（昭三七）、『田園に死す』（昭四〇）などの歌集を刊行し、後述する塚本邦雄、岡井隆らとともに前衛短歌運動の先頭に立った。

マッチ擦るつかのま海に霧ふかし身捨つるほどの祖国はありや（『空には本』）

かくれんぼの鬼とかれざるまま老いて誰をさがしにくる村祭（『田園に死す』）

非在の風景を想像力によって描出する手法が、それまでの写実短歌にはない鮮烈な衝撃を歌人たちに与えた。寺山は俳句・詩・演劇の分野にも活動の領域を広げ、表現者として現代文学に大きな影響力をもった。

中城・寺山とともに、前衛短歌運動に大きな役割を果たしたのは、塚本邦雄と岡井隆である。

塚本は『水葬物語』ののち『装飾楽句《カデンツァ》』（昭三一）、『日本人霊歌』（昭三三）ほかを、岡井は『斉唱』（昭三二）、『土地よ、痛みを負え』（昭三六）ほかを刊行し、短歌表現の可能性を切り拓いた。

革命歌作詞家に凭りかかられてすこしづつ液化してゆくピアノ（『水葬物語』）

日本脱出したし　皇帝ペンギンも皇帝ペンギン飼育係りも（『日本人霊歌』）

灰黄《かいこう》の枝をひろぐる林みゆ亡びんとする愛恋ひとつ（『斉唱』）

渤海のかなた瀕死の白鳥を呼び出しており電話口まで（『土地よ、痛みを負え』）

ともに戦後の時代状況を受容しつつも、そのまま写実的に写しとるわけでなく、想像力を駆使して独立したイメージを描出するところに、前衛短歌の本領があろう。それは西欧のモダニズムと呼応しつつ、現代日本の文壇・詩壇とも繋がるものであった。写実主義短歌が主流をなす近現代短歌の世界において、その主潮流と拮抗しつつ展開された前衛短歌運動は、確かな形で現代に受け継がれていると言えるであろう。

15　現代へつづく道

前衛短歌運動が台頭した昭和三十年代以降は、安保闘争を中心とする文学と政治の緊迫した状況や、大家、中堅、新人それぞれの短歌活動の展開、女流の著しい台頭、同人誌運動、青年歌人会議結成（昭三一）など、短歌界は多彩な様相を呈した。加えて、短歌評論の分野でも上田三四二、菱川善夫、篠弘、岩田正らが活躍した。

昭和三十年代の歌集の一端をあげれば、馬場あき子『早笛』（昭三〇）、葛原繁『蟬』（昭三〇）、山崎方代『方代』（昭三〇）、大西民子『まぼろしの椅子』（昭三一）、佐藤佐太郎『地表』（昭三一）、山中智恵子『空間格子』（昭三二）、前田透『断章』（昭三二）、田谷鋭『乳鏡』（昭三二）、松田さえこ（尾崎左永子）『さるびあ街』（昭三二）、坪野哲久『北の人』（昭三三）、武川忠一『氷湖』（昭三四）、春日井建『未青年』（昭三五）、窪田空穂『老槻の下』（昭三五）、岸上大作『意志表示』（昭三六）、宮柊二『多く夜の歌』（昭三六）、玉城徹『馬の首』（昭三七）、安永蕗子『魚愁』（昭三七）、高安国世『街上』（昭三七）、清水房雄『一去集』（昭三八）、島田修二『花火の星』（昭三八）、石本隆一『木馬騎士』（昭三九）、前川佐美雄『捜神』（昭三九）、前登志夫『子午線の繭』（昭三九）、板宮清治『麦の花』（昭三九）などがあげられよう。既出の歌人の業績等については多く省略に従い、また遺漏を怖れるが、ご寛恕いただきたい。

これ以後の短歌史についてはここでは省筆するけれども、以下簡略に見通しのみ付言しておきたい。今まで見てきたところからもうかがわれるように、戦後日本が成長期にはいる中で、短歌界の動きも概して活況を呈しているようである。その流れは昭和四十年代にはいってからも基本的にはつづく。が、やがて時代は高度成長期から石油ショック、またバブル景気への突入からバブル崩壊へと変転する。その間、短歌界はたとえば高野公彦や佐佐木幸綱、馬場あき子などすぐれた個性が出て短歌史を牽引するが、やがて昭和の終焉にあたって登場したのが俵万智であり、その第一歌集『サラダ記念日』（昭六二）は「サラダ現象」といわれる社会現象を巻き起こし、歌壇の枠を超えて、その自在な口語と歌謡性豊かな青春歌が受け容れられた。大正末に北原白秋らが試みた口語歌がある意味で一つの大きな実りをもたらしたとも考えられるが、以後短歌界にも、若手を中心に口語の波が浸透し、現在に至っている。現在の日本は東日本大震災の被災下にあるが、そうした中で歌人たちの作品にもそれまでにない要素が加わってきていると思われる。今までたどってきた短歌史の軌跡に徴しても、時代と繋がる歌人たちの生活感情の形象化が、明治以降の近現代短歌史を牽引する契機をなしてきたことは明らかなところであろう。

短歌の表現

長澤ちづ

1 **定型・韻律・破調**

短歌は五句三十一音の定型詩である。かなで書き表すと三十一文字になるので、昔から三十一文字《みそひともじ》ともよばれてきた。五句はおのおの五・七・五・七・七の音数から成る。この五音七音の連なりが、それぞれの組み合せによって調べを生み、リズム感（韻律）を起こす。

調べは一首の発想や内容と微妙にからみあう。また短歌に対する作者の意識そのものとも深く関わるものである。直接的な意味内容より更に奥にあるものまで感じさせる調べについては声調という語をあてたりもする。

定型の意識は作者によって伸縮があり、五句三十一音こそ詩歌の黄金律としてきちんと守ろうとする立場、五句を音数として捉えるのではなく五つの塊として捉え字余り字足らずを許容する立場、また五句に関しては緩く規定し、語割れ・句跨がりなどを積極的に用いるが、三十一音に関しては崩さないという立場などがあり、種々の試みがなされてきた。

のど赤き玄鳥《つばくらめ》ふたつ屋梁《はり》にゐて足乳根《たらちね》の母は死にたまふなり（斎藤茂吉『赤光』）

沈黙のわれに見よとぞ百房の黒き葡萄に雨ふりそそぐ（同『小園』）

最上川逆白波《さかしらなみ》のたつまでにふぶくゆふべとなりにけるかも（同『白き山』）

葛の花　踏みしだかれて、色あたらし。この山道を行きし人あり（釈迢空『海やまのあひだ』）

人も　馬も　道ゆきつかれ死にゝけり。旅寝かさなるほどの　かそけさ（同）

しづかなる象《かたち》とおもふ限りなき実《み》のかくれゐる椎《しひ》も公孫樹も（佐藤佐太郎『地表』）

突然に大き飛行船あらはれて音なくうつる蛇崩の空（同『黄月』）

斎藤茂吉のまろやかな調べの中に太くとおる高いひびき、釈迢空の句読点を加えたり、一拍の間を置く表記により、五句の短歌を四句構成に導く詩型の完成による、谺のようなひびかせ方、定型遵守の姿勢を崩さず、自身の精神的深まりと表現を一体化して、静謐な世界を作り上げた佐藤佐太郎と三者三様の声調がこれらの作品から伝わってくる。

大正から昭和へと時代が変わってゆこうとする頃、新しい時代の思潮や感情を盛るのに相応しい短歌を目指して新興短歌運動が起こる。プロレタリア短歌とモダニズム短歌の二つに大きく分けられるが、この新興短歌が選択した新しい短歌形式が自由律であった。

自然がずんずん体のなかを通過する——山、山、山（前田夕暮『水源地帯』）

朝日新聞社の企画による飛行機塔乗詠を契機として、前田夕暮は自由律短歌に転換する。短歌内在律説を唱えて自由律の理論とした夕暮の作風は、対象への讃歌、生命主義的力に満ちていた。しかし一首ごとに、そのフォルムを築かねばならぬ自由律の宿命から、常に緊張した創作意欲を保ち続けねばならず、夕暮は十年余にして遂に力尽き、昭和十八年定型へ復帰する。

いますぐに君はこの街に放火せよその焔の何んとうつくしからむ（前川佐美雄『植物祭』）

ひじやうなる白痴の僕は自転車屋にかうもり傘を修繕にやる（同）

そのような趨勢の中、前川佐美雄の『植物祭』は、夕暮と同じくモダニズムを標榜しながらも、自由律否定の定型遵守という立場を貫いた。

第二次大戦後、後に前衛短歌と呼ばれる短歌活動の指標となる『水葬物語』が出版される。

革命歌作詞家に凭りかかられてすこしづつ液化してゆくピアノ（塚本邦雄『水葬物語』）

塚本邦雄は「語割れ・句跨がり」という技法により、音読の速度が変わることで、従来にない短歌のリズムを生み出した。その違和感のあるリズムによって、全体としての意味内容に微妙なずれが生じることを承知で、作者は一義的な意味を押しつけることなく自由な解釈を読者に委ねようとする。

馬を洗はば馬のたましひ冴ゆるまで人戀はば人あやむるこころ（同『感幻樂』）

「初七調」と呼ばれる「七七五七七」の音律。閑吟集や隆達小唄などの近世歌謡の調べを入れて定型の短歌を刺激する。

錐・蝎・旱・雁・掏摸・檻・囮・森・橇・二人・鎖・百合・塵（同）

並べられた漢字には「り」の脚韻が踏まれ定型に収まる。助詞・動詞抜きに語の繋がりから物語を感じ取る仕組である。
短歌の韻律は、定型詩であることと大きく関わりながら、その枠からはみ出そうとする時代の要求や、守ろうとする力の鬩ぎあいの中に磨かれ、そこからまた新しい時代を先取りしてゆこうとする力も生み出してきた。

2　比喩

比喩とはあるものを描写するときに、他のものにたとえて表現することである。それによってそのものやその状態をより的確に描写するのみならず、別なニュアンスも引き寄せることができ、表現に幅とふくらみを持たせるものである。歌の歴史の上でも様々な工夫が試みられ、歌の表現を豊かなものにしてきた。短歌の修辞法として使われる主なものは直喩（明喩）・暗喩（隠喩）で、他に寓喩（諷喩）などもある。特殊なものとしては序詞なども挙げられる。

●直喩（明喩）

「ごとく」「ごとし」「ように」「ような」「に似る」「〜なして」など、比喩であることを表す言葉を使って、喩えられるものと喩えるものを結びつけて表現する。この両者の間にはある共通認識が存在することが要となる。

君かへす朝の舗石《しきいし》さくさくと雪よ林檎の香のごとくふれ　（北原白秋『桐の花』）

「雪」が「林檎の香」にたとえられているが、この二つに共通のものは、冬という季節で括られること、雪と林檎の果肉の色が白のイメージで重なることなどであろう。「雪」は実体のあるものだが、「林檎の香」は目に見えぬもの、実体のないものを目に見えるものの喩えに用いて斬新な喩である。

このように短歌における直喩とは、喩えるものと喩えられるものとの間にある少しのずれと、そのずれから生じる間隙に微妙な味わいがあるときに有効に働く。「林檎のようなあかい頬」では全くその通りの直喩で、短歌の修辞法としては機能していない。白秋の掲出歌の場合、姦通罪で訴えられている最中という現実の苦悩が背後にあり、林檎の甘さ・酸ゆさが雪の清さと相俟って作者の純粋な愛の表現となっている。

「さくさくと」のオノマトペは音喩という喩でもあり、朝のまっさらな雪を踏む恋人の足音から、禁断の実である林檎を噛む歯の音へと繋げて哀切な叙情へいざなう。

やはらかに柳あをめる／北上の岸辺目に見ゆ／泣けとごとくに（石川啄木『一握の砂』）

わが顔に夜空の星のごときもの老人斑を悲しまず見よ（佐藤佐太郎『天眼』）

失ひしわれの乳房に似し丘あり冬は枯れたる花が飾らむ（中城ふみ子『乳房喪失』）

直喩の特殊なものとして序詞がある。ある言葉を導き出すための言葉で「〜のように」とか「〜ではないが」と繋がる。

秋の田の穂の上《へ》に霧らふ朝霞いつへの方にわが恋ひやまむ（磐之媛命『万葉集巻二』）

序詞によって、目に見えぬ憂いを顕在化して印象的にした。

●暗喩（隠喩）

直喩に対して「ごとく」やそれに類する言葉を介することなく、喩えるものと喩えられるものが、いきなり結びつけられる。断定と飛躍の効果により迫力のある比喩が生まれる可能性を秘める。暗喩は一首の中に紛れ込んでいて見分け難く、時に象徴への道を秘めていたりもする。

みちのくの岩座《くら》の王なる蔵王《ざわう》よ耀く盲《めしひ》となりて吹雪《ふぶ》きつ（葛原妙子『葡萄木立』）

曼珠沙華毒々しき赤の万燈《まんとう》を草葉の陰よりささげてゐるも（木下利玄『みかんの木』）

日本脱出したし　皇帝ペンギンも皇帝ペンギン飼育係りも（塚本邦雄『日本人靈歌』）

「蔵王は耀く盲《めしひ》だ」と言っている一首目も、曼珠沙華の花を万燈《まんとう》だと言い切っている二首目も、その断定の明確さにより受け手の印象を強いものにしている。このような喩の表し方ではなく、三首目は、喩えるものを背後に暗示させる形で隠して読者に示す。この「皇帝ペンギン」は下句から動物園で飼われていることが分かる。皇帝と名前にあっても飼育されているものであり、被支配者である。また「皇帝ペンギン飼育係」も皇帝を飼育する者のようでありながら単に動物園の係員に他ならない。作者はこの名称の孕む矛盾をうまく生かしながら、ここに何かの喩を隠している。言葉に表われたそれ自体の背後に何かを感じさせるものが読者にあるとき暗喩が成立する。菱川善夫の解釈に拠れば「皇帝ペンギン」は昭和天皇、「皇帝ペンギン飼育係」は、戦後、憲法により主権を与えられた日本国民の喩ということになる。作者の思惑を越えて解釈が膨らんでゆくこともありえる。

●寓喩（諷喩）

本来の意味を表に出さないで婉曲にたとえる手法。歌と政治が密接に関わっていた時代、言論統制があった時代などに、単なる叙景歌のように見せながら、危険を知らせたり、思いを歌に託したりした。

狭井河《さゐがは》よ　雲立ちわたり　畝傍《うねび》山　木《こ》の葉騒《さや》ぎぬ　風吹かむとす（『古事記』（神武天皇））

3　オノマトペ

オノマトペとは擬音語・擬態語のことで、オノマトペアとも言う。もともと言葉にすることの出来ない音や声や状態を、音感としてのイメージで伝達しようとして工夫し表現するものである。前項で、「喩」のひとつ「音喩」として白秋の引用歌で触れた。近代の歌人たちの作品には意識的に取り入れているものは多くはない。しかし現代短歌では、作者の五感すべてを通して、新しい言葉の創造と用途を拓くことの出来る領域として積極的に詠み込もうとする動きがある。

向日葵は金の油を身にあびてゆらりと高し日のちひささよ（前田夕暮『生くる日に』）

あかあかと一本の道とほりたりたまきはる我がいのちなりけり（斎藤茂吉『あらたま』）

わが胸の鼓のひびきたうたらりたうたらりたうたらり酔へば楽しき（吉井勇『酒ほがひ』）

一首目の「ゆらりと」が擬態語。「ゆっくりと大きく揺れ動く様子であるから、「高し」に直接かかる擬態語ではなく「ゆらりと（揺れて）」などが省略される。しかし、ただ高いのではなく向日葵の花が夏の陽を十分に浴び充実して重たい様子をクローズアップする。夏の陽射しの隠喩である「金の油」との呼応、「身に浴びる」の擬人化が背景にあるので、夏の陽の逆光の中に動き出しそうな感じも捉える擬態語である。二首目の「あかあかと」が擬態語。一本道に夕日が照り渡って赤く染まっている様子が詠われる。実際の夕景から下句の観念が想起されたもの。「あかあかと」は木の実や炎も形容するが近代短歌では、このように日が沈む時の大気の明るさを表すのに使われた。来るべき闇の世界を暗示する明るさ、またその向うに必ずやって来る黎明などを感覚しつつ、人生を一本の道と直感している。三首目の「たうたらりたうたうたらり」は鼓の鳴る音を表現しているようでもあり、しだいに酒に酔って楽しい気分になってゆく作者の様子にも繋がり、擬音語でもあり擬態語でもあるオノマトペ。祇園という特殊な世界の華やかだが気怠い雰囲気を漂わせる。「酔えば」と限定し、鼓が現実の音ではないなど、華やかさの裏の影をも感じさせ味わい深い。

オノマトペは、さまざまな可能性を秘めて存在するが、一句目と三句目の五音の箇所に、調子良く容易に収まることから、手垢のついた陳腐な使い方は戒めなくてはならない。

4　対句とリフレイン

対句とは、語法や意味の反対の句を並べて表現する方法。対象を様式化して調和の美しさを旨とするので、類型化に陥る危険性もあるが、「調べ」のよさという点で優れた修辞法である。漢詩の影響なども受けながら和歌の時代から親しまれ発達して来た。リフレインは語の繰り返し・反復のことである。音数制限のある短歌に、伝達量を減らしてまで同じ言葉を使うことへの抵抗感もある。それでもリフレインをする意味は何と言っても調べの良さであろう。短歌は意味を犠牲にしても調べが優先することが少なくないのである。

山を見よ山に日は照る海を見よ海に日は照るいざ唇《くち》を君（若山牧水『海の声』）

一・二句の五音七音と三・四句五音七音が対応して対句になっている。四句まで各々の句が切れて対をなし、結句によって統べられる。つまり一首の五句ひとつひとつがぶつぶつと切れている珍しい短歌の作りである。にも拘らず、耳に心地よいのは対句による構成の美しさと、言葉数を減らすリフレインの効果に拠って、出来る限りの単純化がなされているためである。牧水の二十代前半の歌で若さの昂揚感が弾みをもって伝わってくる。

ああ皐月仏蘭西《さつきふらんす》の野は火《ひ》の色《いろ》す君《きみ》も雛罌粟《コクリコ》われも雛罌粟《コクリコ》（与謝野晶子『夏より秋へ』）

下句の対句とリフレイン、「ひなげし」ではなく「コクリコ」と読ませるひびきの美しさなど、君と同じ異国に居て、同じ空気に包み込まれる幸福感が、野を渡る風のさざ波のように伝わってくる。「火の色」は晶子の心象の色であろう。

古着屋の古着の中に失踪しさよなら三角また来て四角（寺山修司『テーブルの上の荒野』）

上句はリフレイン、下句が対句をなす。出て行く際の言葉「さよなら」と、それに対し「また来て」は戻って来た（帰って来た）様子の対。「三角」「四角」は図形として対である。古着は誰かが一度着て古着屋に売ったものである。「古着屋の古着」には、昔の持主の過去の時代と人生が籠っている。その古着を身に纏うということは、他人の人生にもぐり込むということかも知れない。その架空の時空間で上手くこなせる訳はなくその感覚を「失踪」という一語をもって表現したのだろう。脱ぎ着によって出入り自由の気儘さが仮初めの時空間にはあり、下句の語呂の良さにやや自嘲的に表現される。

5　単純化

短歌は五句三十一音からなる小さな詩型、余計な語は出来るだけ捨てて、最も伝えたい語を選んで詠わねばならない。複雑な内容を盛り込みつつも言葉は単純化して詠うということで、内容が素朴で単純という意味でないのは自明である。

ただひとつ惜《を》しみて置きし白桃《しろもも》のゆたけきを吾は食ひをはりけり（斎藤茂吉『白桃』）

行く水の目にとどまらぬ青水泡《あをみなわ》鶺鴒の尾は触れにたりけり（北原白秋『渓流唱』）

土耳古《とるこ》青《あを》となりたる山の四時過ぎにげにすなほなる食欲ありぬ（斎藤史『うたのゆくへ』）

晩夏光おとろへし夕　酢は立てり一本の壜の中にて（葛原妙子『葡萄木立』）

秋分の日の電車にて床《ゆか》にさす光もともに運ばれて行く（佐藤佐太郎『帰潮』）

一首目の白桃の歌は、「白桃」とそれを食べる「吾」に全てが集中集約される。完熟した白桃のゆたかな味わい、それを堪能した「吾」の恍惚とした表情等それらを包み込む空間が伝わってくる。二首目は川の流れの一瞬一瞬を捉えようとする視線に、鶺鴒の尾の震えを配することで、濃やかな光の交錯を添える。茂吉の歌が無駄な枝葉を取り去り太い幹の部分の美しさを強調しているのに比し、白秋の歌は枝葉のさやぎや影まで含めた一本の木として他は捨て去り単純化する詠い方である。三首目は一日の内の夜明けに着目し、目覚めてすぐに空腹を覚える健康な身体への驚きがある。朝明けの美しさ以外に他の状況は一切詠われていない。四首目の「酢」は壜の中で立っているのだが、対象を凝視することによって本質が摑み出された。五首目は電車に運ばれて行く床の光が静謐で、何かとても神々しい。秋分という昼夜の時間を二分する日であればの感慨であろう。佐藤佐太郎は「限定」という言葉を使って、単純化ということを次の如く述べている。

短歌は純粋な形においては、現実を空間的には「断片」として限定し、時間的には「瞬間」として限定する形式である。断片の中に秩序を籠め、瞬間の中に永遠を籠めて、現実を限定するのが短歌である。

短歌の単純化とは、対象をよく見つめ観察して何を言語化するかにかかってくる。見た全てを言葉にするのではない。

6　写実・写生

写実というのは主観による美化や修正をすることなく、事実をありのままに描写する方法で、自然主義はこの立場であり、対立する概念は浪漫主義などである。写生は、元々中国で使われていた絵画の言葉だが、明治になってスケッチの訳語として一般化した。その写実・写生の語を文学の世界に取り入れて論を展開したのが正岡子規である。明治三十一年、新聞「日本」紙上に「歌よみに与ふる書」の連載を開始し「写実・写生」について次のように言っている。

生の写実と申すは合理非合理事実非事実の謂にて無之候。油画師は必ず写生に依り候へどもそれで神や妖怪やあられもなき事を面白く画き申候。併し神や妖怪を画くにも勿論写生に依るものにて、只々有りの儘を写生すると一部々々の写生を集めるとの相異に有之、生の写実も同様の事に候。

子規は事物の実際をありのままに具体的、客観的に表現するという意味で写実・写生の言葉を使ったが、想像を否定した訳ではない。写生という方法が根本に据えられた写実的な歌を子規は目指した。子規の没後、その考え方を継承し、さまざまに内容が深められていった。

瓶にさす藤の花ぶさみじかければたたみの上にとどかざりけり (正岡子規『竹の里歌』)

くれなゐの二尺伸びたる薔薇の芽の針やはらかに春雨のふる (同『同』)

重症の結核から脊椎カリエスを患った子規は亡くなるまでの七年間を病床に臥す身となった。見るもの詠うもの全てが横たわった位置から捉えられた写生の歌である。そういう視線で読み直して見ると、一首目の「たたみにとどかない藤の花房」と「たたみ」の間のわずかな空間が、作者の目の中心に据えられていることが分かる。作者は主観を排して忠実に見た通り描き詠っているのだが、作者が見つめている対象との角度や光の当り方によって、おのずとそれが読者に伝わり作者の思いや立場が見えてくる。二首目、「二尺」の高さは病床から見つめ得る高さ。写生に徹して詠んだ結果、作者の置かれた状況と萌え出ずる命の対比が鮮やかに描き出された。

池水は濁りににごり藤なみの影もうつらず雨ふりしきる (伊藤左千夫『左千夫歌集』)

正岡子規の藤の歌と同じ明治三十一年に、亀戸天神の藤を見て作られている。「濁りににごり」と言葉を重ねながら、すぐに「雨ふりしきる」を出さずに、その間に「藤なみの影もうつらず」を挟んで詠う。藤が美しく水面に映っていた別な日の時間がそこに重層されて、うねりのような調べが生みだされている。今は見えない藤が、濁った池と対照されて現実以上に美しいものに浮かびあがる。

伊藤左千夫は正岡子規の没後、その考えを引き継ぎ「アララギ」を創刊する。若い有力な作者が次つぎ入門し、当時の歌壇の主流をなす。島木赤彦、斎藤茂吉、土屋文明はそれぞれ、師の左千夫とは違った写生観のもとに持論を展開する。

島木赤彦は『歌道小見』（大正十三）で、概念的な歌、理知的な歌を排して、一心を集中して写生すれば、自ずから象徴の域に達すると説いた。表現の奥にある魂の揺らぎに到達することを作歌に望んだ。

みづうみの氷は解けてなほ寒し三日月の影波にうつろふ（島木赤彦『太虚集』）

厳しい自然と風土に生きる粛然とした思いが籠められているが、それでも春が少しずつ感じられる季節となってきたことへの心ゆらぎが、波にうつろう月光に託されている。

斎藤茂吉は「実相に観入して自然・自己一元の生を写す。これが短歌上の写生である。ここの実相は……現実の相などと砕いて云つてもいい。自然はロダンなどが生涯遜つてそして力強く言つたあの意味でもいい。……『生』は増加不窮の生気、天地万物生々の『生』で『いのち』の義である」（「短歌に於ける写生の説」）と言って「実相観入」という作歌理念を打ち立てた。自然が内包している実体にまで写生を拡大した。さらに「感情の自然流露を表はすことも亦自己の生を写すことになり実相観入になり、写生になるのである」とも言う。写生の究極は象徴という考え方も導き出される。

土屋文明は従来の精神主義的な写生論、東洋的な主客合一の境地を短歌の究極に置かず、具体的な歌の表現法として写生を説いた。その点で正岡子規に近いと言える。

垢《あか》づける面《おも》にかがやく目の光民族の聡明《そうめい》を少年に見る（土屋文明『韮菁集』）

文明は昭和十九年、半年ほど陸軍省報道部臨時嘱託として、戦争中の中国を旅した。その旅の途中に出会った少年の「目の光」から「民族の聡明」を感じている。戦争中でありながら、中国の民族に対する敬意に満ちた温かい視線が窺える。

7　象徴表現

象徴とは、ある観念や情緒を他の事物をもって暗示する手法で、表現しようとする事物の間に、論理的な結びつきは無く、直感的に気分情緒を捉えて伝えることが可能である。

象徴表現は『新古今和歌集』の時代にすでに自覚され発達していた。

白妙の袖の別れに露落ちて身にしむ色の秋風ぞ吹く（藤原定家『新古今和歌集』）

「白妙」は寂寥感を「露」は嘆きの涙を「秋風」は「飽き」に重ねられ、一首として「虚しく切ない気分」を象徴するという具合である。本歌取りの手法なども結びついて和歌の時代に、既に高度な発達を遂げた象徴表現だが、近代になり西洋的修辞法の入ってくる中で、更に様々な思考が積み重ねられてきた。

大正年間、太田水穂はアララギの写生に対抗して芭蕉の俳句の持つ象徴的表現手法を短歌にも活かすべく、日本的象徴主義を標榜した。一方「写生を突きすすめて行けば象徴の域に達する」（『作歌四十年』）という立場で象徴を捉えたのが斎藤茂吉だった。またそれとは別に北原白秋は歌誌「多磨」の創刊に際しその綱領で、自らの作風を新幽玄体と称し、過去の種々の韻律形式から新しい象徴主義の可能性を探ろうとした。佐藤佐太郎はその歌論集『純粋短歌』で、象徴について「一つの具象の中に普遍的な意味の感ぜられるとき、その具象は普遍的なものの象徴である。」と定義している。これは西洋に於ける象徴が、明確に何かを表現しているのと日本的象徴との違いを言い得た定義である。「普遍的な意味」とは一言で言い表せるものではない。その作品全体から感じ取る以外にはないものである。

命ひとつ露にまみれて野をぞゆく涯なきものを追ふごとくにも（太田水穂『流鶯』）

「象徴が抽象性を獲得した」歌と菱川善夫が高く評価する水穂晩年の代表作。西行や芭蕉が歩いた道が、はるかなあこがれとして二句から三句に籠められる。

かりがねも既にわたらずあまの原かぎりも知らに雪ふりみだる（斎藤茂吉『白き山』）

疎開先の山形県大石田は豪雪で知られ、そこで初めて迎えた冬に詠われた。内容は単純だが、歌柄が大きく格調高い。居ない筈の雁の群れが雪原の白に影を落とすかの趣きである。

短歌鑑賞

●おちあい　なおぶみ

落合直文

文久元年十一月五日——明治三十六年十二月十六日

文久元年（一八六一）、仙台藩の重臣の家に生まれた。明治十五年、東大古典講習科に入学（十七年、兵役のために中退）。明治二十一年、「孝女白菊の歌」を発表して詩人として名を馳せた。その後、明治二十六年には「あさ香社」を設立、与謝野鉄幹・尾上柴舟・金子薫園などのちに近代短歌を背負う人々が参加した。この間、直文は国語伝習所、第一高等中学校ほかで教職に就き、国文学を講じつつ、和歌の実作に打ち込んだ。和歌改良論が提唱される時代において、それを実作の上に最初に推進したのは直文その人であり、近代短歌の出発期における重要な歌人である。明治三十六年四十三歳で没したが、その後『萩之家遺稿』『萩之家歌集』が刊行され、歌人としての業績が世に広められた。歌風は、古典への学識をふまえて、風格ある調べの中に自在な歌材を取り入れ、近代短歌の先駆と言える作品を数多く詠んでいる。

緋縅《ひおどし》の鎧をつけて太刀はきてみばやとぞ思ふ山桜花

『落合直文著作集Ⅰ』（平成三年）

明治二十五年の作。落合直文は仙台藩の武士の家柄に生まれたが、掲出歌は武士道的気魂を込めた雄壮な作であり、当時の青年たちに支持され、文字通り人口に膾炙した作品である。直文が教えていた第一高等中学校の生徒たちからは「緋縅の直文」と呼ばれたという。森脇一夫『近代短歌の歴史』（桜楓社）では『千載集』所収の源義家の歌「吹く風をなこその関と思へども道もせに散る山桜かな」と関連づけているが、山桜の美と潔さへの注目が一首の要諦をなしているであろう。武士としての具足をととのえる上の句を受けて、「みばやとぞ思ふ山桜花」と雄渾にうたいあげた体言止めの下の句が一首の重みを支えている。

父君よ今朝はいかにと手をつきて問ふ子を見れば死なれざりけり

同右

明治三十二年作。同年の「国文学」（六月）に発表された「病床雑詠」中の一首。落合直文は、前年に第一高等学校教授の職を辞している。伊藤文隆編集『改訂落合直文全歌集』所載の年譜では、この年に「喀血、糖尿病にかかる。」と記されており、直文の健康がにわかに損なわれつつあったことが分かる。一首は、病床に臥す直文を、わが子が「父君よ今朝はいかに」と心配げな顔を見せるという歌である。下の句において「問ふ子を見れば死なれざりけり」と直情が表出され、島木赤彦の「隣室に書《ふみ》よむ子らの声きけば心に沁みて生きたかりけり」の歌とも通う最晩年の境涯が読者の胸をうつ。

わが宿は田端の里にほどちかし摘みにもきませすゞなすゞしろ　同右

『明星』創刊号（明三三・四）に出詠された作品である。「春のはじめつかた友のもとへ」という詞書が付せられている。新風を示すという類の作ではないが、サ行音を多用したその繊細な韻律が読む者の心にひびき、友への人なつかしさと、田端の里の風情がおのずからに浮かび上がってくる。流露する情感の豊かさに心を留めたい。とりたてて目新しい素材ではないけれども、趣深い小品の一節を読むような味わいがある。また結句の「すずなすずしろ」という物の名のたたみかけの手法は直文の作の特徴の一つをなしており、イメージのひろがりとリズムのよさを生んでいる。

さわ〳〵とわが釣りあげし小鱸《をすずき》のしろきあぎとに秋の風ふく　同右

『明星』第六号（明三三・九）掲載。釣り上げた鱸のあぎと（魚のえら）の白さと、秋風の吹きわたる季節感とを取り合わせた作で、さわやかな感覚のひらめきが印象的である。伝統的な事物に即した一首だが、その印象主義的な感覚は新しい時代の息吹きを感じさせる。「さわさわ」と秋風が撫でる皮膚感覚、鱸のあぎとの白さに着目した色彩感覚、それにかろやかな秋風のひびき（聴覚）など感覚が織り合わされ、爽やかな秋の季節感を点描している。

萩寺は萩のみおほし露の身のおくつきどころここことさだめむ　同右

『明星』第十三号（明三四・七）掲載。ここでうたわれる「萩寺」は、江東区亀戸にある竜眼寺のこと。直文は明治二十六年十月に、弟の鮎貝槐園や与謝野鉄幹とともにこの寺を訪れ、萩を鑑賞している。なお、この歌の第二句は後に「萩おもしろし」と改作されている。一首は、懸詞や縁語などを用いた古典的な詠風だが、「萩」が直文の号（萩之家）ともつながっており、直文の代表歌の一つと目されている。この歌の発表は直文の最晩年であり、自らの「おくつきどころ」（墓所）を定めようとする心には生涯をふり返る深い人生観照が潜められている。

（山田吉郎）

◉参考資料

『落合直文著作集』全三巻　明治書院、平成三年
前田透『落合直文――近代短歌の黎明――』明治書院、昭和六十年
永岡健右「落合直文、佐佐木信綱」（『近代の歌人』）勉誠社、平成六年

●ささき　のぶつな

佐佐木信綱

明治五年六月三日――昭和三十八年十二月二日

本名同じ。号竹柏園。鈴鹿郡石薬師村（現・鈴鹿市）生まれ。国学者・弘綱を父として生まれ、古典文学の英才教育を受ける。明治十五年上京して十二歳で東京帝国大学文学部古典科に入学する。当初旧派的な歌風だったが、明治三十年頃から個性的な歌境を打ち立て歌壇に注目された。父の門人組織を継承し、同三十一年には歌誌「心の花」を創刊して、「ひろく、ふかく、おのがじしに」を標榜して若手歌人の育成に努めた。同四十年、観潮楼歌会への出席を契機に、啄木・茂吉ら他流派との交流を深めた。歌集に『思草《おもいぐさ》』（明三六）、『新月』（大一）、『豊旗雲《とよはたぐも》』（昭四）、『山と水と』（昭二六）などがある。国文学者としても、『日本歌学史』『校本万葉集』など豊富な業績を上げ、昭和十二年第一回文化勲章を授与された。学士院・芸術院の両会員。歌集・研究書を合わせた全著書は三百冊を越える。昭和十九年熱海に移住し、九十一歳で逝去。

大門《だいもん》のいしずえ苔に埋《うづ》もれて七堂伽藍《しちだうがらん》たゞ秋の風　『思草』（明治三十六年）

平泉の毛越寺《もうつじ》の南大門の礎石は既に苔に埋れており、かつて七堂伽藍を誇った寺の敷地にも秋風がわたるだけである、という意。「心の花」明治三十二年一月号に「みちのく百首（上）」の一首として発表。平泉を訪れた松尾芭蕉が『奥の細道』に「大門の跡」と記した場所に実際立っての感慨であろうが、『奥の細道』と、藤原良経の「人住まぬ不破の関屋の板庇荒れにしのちはただ秋の風」（『新古今和歌集』）の、古来金言とされる結句を踏まえていよう。『万葉集』以来の廃墟を歌う伝統に基き、「語調の強さが緊張した響きを伝える佳作」（佐佐木幸綱『短歌シリーズ・人と作品2　佐佐木信綱』）である。

ゆく秋の大和の国の薬師寺の塔の上なる一ひらの雲　『新月』（大正元年）

晩秋の大和の国の薬師寺の、美しい三重の東塔の上に一片の雲がかかっている、という意。「心の花」明治四十五年二月号発表。一首中に助詞「の」が六回も使われ、「国」という広がりから「雲」という一点へと、カメラをズームアップしていくような印象的な手法が用いられている。「この作は、全く苦労することなく、口をついて出るようにして出来た」（佐佐木幸綱・前掲書）とのことである。伸びやかな声調が信綱の作歌姿勢をよく表しているが、生涯の代表歌というより、一種の諧謔精神が表れた遊びの作と見た方がよいと思う。

うぶすなの秋の祭も見にゆかぬ孤独の性《さが》を喜びし父

『常盤木《ときわぎ》』（大正十一年）

大木神社で行われている賑やかな秋の祭さえ見に行こうとしない、孤独を愛する私の性格を、むしろ学者に適した者として喜んだ我が父よ、という意。石薬師の生家にほど近い大木神社には、「月ごとの朔日の朝父と共にまうでまつりし産土のもり」の歌碑があり、十九歳で死別した父・弘綱をめぐる信綱の回想には、この産土の森の印象が付いて回っていた。そして「孤独の性」という観念語を用いて自身の交際を好まぬ性格を分析する彼には近代人の眼が備わっており、父への敬愛と共に、文学エリートとして偏った教育をされたという複雑な思いも揺曳していて、独特な味わいを持つ作である。

山の上にたてりて久し吾もまた一本の木の心地するかも

『豊旗雲』（昭和四年）

山の上に私は随分と長く立ち続けている。私もまた、この狩勝峠に生える一本の木になったような心持ちがするよ、という意。二句切れの小休止で時間の経過を表す。昭和二年八月の北海道旅行に取材した大連作「北海吟藻」の「狩勝峠」十首中の作。「『雄大な自然を大きくうたう』信綱の旅行詠の特色がよく出た作」（佐佐木幸綱・前掲書）であり、書斎に籠る日常から解放され、自然と一体化する感覚を感じている信綱の姿を見出すことが出来る。だがそれは体感というよりは、彼が持っていたファンタジックな想像力の所産なのだろう。

人いづら吾がかげ一つのこりをりこの山峡《やまかひ》の秋かぜの家

『山と水と』（昭和二十六年）

わが妻はどこに。私ひとりの姿が取り残されている、この山あいの秋風が身にしみる家よ、という意。昭和二十三年十月、妻・雪子が七十四歳で逝去した。信綱との間に四男五女を生んだ睦まじい夫婦であった。その挽歌「秋風の家」連作中の一首。初句切れで亡くした伴侶を虚しく探す、叫びの声があるが、「激情的ではなく、底ごもる虚脱感がしみじみとうたわれている。」（佐佐木幸綱『研究資料現代日本文学⑤短歌』明治書院）と言えよう。彼は同三十四年に後継者・四男治綱の逆縁にも遭っているが、自制の心を保ち、学問に対する情熱は衰えることはなかったという。

（久留原昌宏）

◉参考資料

佐佐木幸綱編『佐佐木信綱全歌集』ながらみ書房、平成十六年
佐々木幸綱『短歌シリーズ・人と作品2　佐佐木信綱』桜楓社、昭和五十七年
鈴鹿市教育委員会編『佐佐木信綱先生とふるさと鈴鹿』鈴鹿市教育委員会、平成二年
衣斐賢譲『佐佐木信綱の世界――「信綱かるた」歌のふるさと』中日新聞社、平成二十年

●まさおか　しき

正岡子規

慶応三年九月十七日――明治三十五年九月十九日

正岡子規は、慶応三年（一八六七）、伊予松山に、松山藩士正岡隼太の長男として生まれた。本名、常規《つねのり》。松山中学を中退して上京、東大予備門に入学した。在学中に肺を病み、子規と号するようになった。学生としての子規は文学に傾倒し、とくに俳句に熱中した。やがて大学を中退し、日本新聞社に入社後、新聞「日本」を拠点に俳句の革新運動を推進する。明治三十一年「歌よみに与ふる書」を「日本」に連載し、短歌革新に着手した子規は、写生と万葉主義を旗印に近代の写実主義短歌の道を切り拓いていった。晩年は脊椎カリエスを患い病床六尺の不自由な生活を送ったが、短歌をはじめ俳句、評論、随筆などに精力的な文学活動を展開した。明治三十五年没。短歌は歌集『竹の里歌』（明三七、俳書堂）にまとめられている。また講談社より『子規全集』（全二十二巻、別巻三巻）が刊行され、その第六巻に「子規自筆歌稿『竹乃里歌』」が収録されている。

柿の実のあまきもありぬ柿の実のしぶきもありぬしぶきぞうまき

『竹の里歌』（明治三十七年）

明治三十年に子規が愚庵和尚に送った一連中の作。斎藤茂吉の短歌開眼の契機となった歌として知られる。ありのままの事実を稚純なまでに素直に写しとった作品だが、フレーズの繰り返しをいとわずに、むしろそのリフレインによってゆったりとした味わいある調べを生み出している。うたわれている内容自体は単純な事柄であるけれども、その悠揚としたリズムが、柿の実を送ってくれた人を思いやる作者の心の奥行きを感じさせる。同じ一連中の「御仏にそなへし柿ののこれるをわれにぞたびし十まりいつゝ」の歌にも、おのずから作者の素朴なよろこびと感謝が揺曳している。

縁先に玉巻く芭蕉玉解けて五尺の緑手水鉢を掩ふ

『竹の里歌』（明治三十七年）

明治三十一年作。新聞「日本」に「歌よみに与ふる書」を連載していた当時の歌で、短歌革新を唱道して間もない頃の制作だが、その完成度は高い。庭前にひろがる芭蕉の葉の緑の鮮やかさと、縁側の手水鉢とを対照させながら、季節感が清々しく詠まれている。庭の風景を客観的に写しとる姿勢が基本にあるが、その緑を目にすることのよろこびや、手水鉢という景物を通してのそこはかとない生活感がかもし出され、味わい深い作となっているであろう。現代ではなつかしい日本家屋と庭のたたずまいも風趣ゆたかに写しとられており、郷愁をさそう一首である。

うちはづす球キヤツチヤーの手に在りてベースを人の行きぞわづらふ　自筆歌稿『竹乃里歌』

明治三十一年作。この年から写生を意識した作品が詠まれるようになる。とくに視覚を通した写生が多く、子規短歌の写生の特質が鮮明になってくる。正岡子規がベースボールをたいへんに好み、数々の野球用語の翻訳をなし、野球殿堂入りしたことはよく知られているところである。掲出歌も先述のように視覚に拠った写生が基本にあるが、その写生を通していかにも楽しげに野球を観戦している様子が浮かび上がってくる。ベースにはさまれて右往左往する走者の姿が、おかしみを漂わせながら印象的である。ベースボールという海外からやってきた新しいゲームと「行きぞわづらふ」という古文脈の取り合わせがおもしろく、独特の味わいがあろう。

足たゝば北インヂヤのヒマラヤのエヴェレストなる雪くはましを　『竹の里歌』（明治三十七年）

「足たゝば」という初句をもつ一連中の作。明治三十一年作。歩行の自由が失われた子規の境遇がうたわれているが、一首の力強いリズムと、「北インヂヤのヒマラヤのエヴェレストなる」と一気に想像をはばたかせる意識の飛翔力は魅力的である。同じ一連中の「足たゝば不尽の高嶺のいたゞきをいかづちなして踏み鳴らさましを」の歌も、同じ発想と形式をもつ佳作である。正岡子規は写生を唱える現実主義的作風の始祖と思われがちだが、一方でこうした想像力を駆使した歌柄の大きな佳作をも生んでいるのである。加えて、起居の困難な晩年の境涯にあって、悲しみの中に沈潜することなく雄勁な韻律の作を生み出す、子規短歌の正接の精神にも注目すべきであろう。

冬ごもる病の床のガラス戸の曇りぬぐへば足袋干せる見ゆ

『竹の里歌』（明治三十七年）

明治三十三年作。子規の写生短歌が後の歌人に引き継がれてゆくことを考えるとき、ある意味でその繋ぎ目となるような一首だと思われる。むろんこの歌がとくに多く取り上げられるわけではないのであるが、この歌のもつ平凡な日常の写実が後の歌人たちの作にしばしば認められ、その詠法において接点を有するのである。ガラス戸の向こうに見える対象は、花や鳥など美的対象ではなく、足袋というきわめて卑近な日常的事物に過ぎないのである。あえてこうした卑近な事物を対象としたところに、子規の唱える写生の革新性が認められよう。花鳥風月でない卑近な材料も、うたい方によっては短歌として存立しうることを実践して見せたのであり、この手法はとくにアララギ派の写実や自然主義的詠風を切り拓く歌人たちによって受け継がれていったと言えるであろう。

美人問へば鸚鵡答へず鸚鵡問へば美人答へず春の日暮れぬ

自筆歌稿『竹乃里歌』

「艶麗体」の歌として、妖艶なエロチシズムただよう風情を詠んだ一首。明治三十三年作。子規短歌には珍しくエロチシズムが濃く流露している作だが、これも題に基づいて詠まれたものであり、子規の想像力の豊かさがうかがわれよう。一首は、美人と鸚鵡のとりとめのない問答の繰り返しを、結句において春の一日のアンニュイな雰囲気でまとめたところが巧みである。どこかしらエキゾチックな魅力もただよい、当時としては相当に新しい一首であろう。同じ「艶麗体」の作には、「くれなゐのとばり垂れたる窓の内に薔薇の香満ちてひとり寝る少女」という歌がある。写生派といわれる子規にあって、こうした想像力豊かな一面を過小に評価してはならないであろう。

くれなゐの二尺伸びたる薔薇の芽の針やはらかに春雨のふる

『竹の里歌』（明治三十七年）

明治三十三年作。「庭前即景」と題詞がある。繊細な写実の行き届いた名作で、子規の写生歌の一つの達成を示した作品であろう。助詞の「の」の反復や下の句のア音の多用などにより韻律をととのえ、また「やはらかに」の形容が薔薇の芽の針を受け、併せて春雨にかかるなど、技法的にも巧みである。子規の写生歌の中でも、ことさらに微細な部分をこまやかに写す「細叙」の手法が認められる。写生の手法には、当然のことながら多様な面が認められようが、対象を狭い範囲に絞って微細に写しとる手法は、写生の一つの基本型を示し、後世の写実主義歌人たちによって受け継がれていったと考えられよう。

瓶にさす藤の花ぶさみじかければたゝみの上にとゞかざりけり

『竹の里歌』（明治三十七年）

明治三十四年作。正岡子規の絶唱とも言える藤の花の連作十首中の第一首である。当時の子規は病重く、起居できぬまま襲い来る痛みに耐える日常であったという。少し長いが、次に題詞を引く。「夕餉した丶め了りて仰向に寝ながら左の方を見れば机の上に藤の花を活けたるいとよく水をあげて花は今を盛りの有様なり。艶にもうつくしきかなとひとりごちつゝそゞろに物語の昔などしぬばる丶につけてあやしくも歌心なん催されける。斯道には日頃うとしくなりまさりたればおぼつかなくも筆を取りて」と、子規は病床にあって歌ごころが自らあやしむまでにわき上がってくるさまをつづっている。創作の微妙な機微を語った言葉であるが、その歌ごころをとらえて「おぼつかなくも」筆をとった一連は、抜きさしならぬ境涯を背景に、藤の花への凝視、写生を通して深遠な境地に到達している。その第一首である掲出歌は、一見素朴な写生の作のように思われながら、起き上がれぬ作者子規が下から見上げる藤の花の、盛り上がり、落ちかかってくる量感をうたいあげている。下の句の重厚な調べが凝視する子規の息づかいを伝え、一首の深い感動を支えているであろう。

瓶にさすふぢの花ぶさ花垂れて病の牀に春暮れんとす

『竹の里歌』(明治三十七年)

前歌と同じく藤の花を詠んだ一連中の作。「瓶にさす」と同じようなうたい出しながら、息をゆるめ、藤の花に穏やかに接するおもむきがあり、安らいだ調べが揺曳する。下の句の「やまひの牀に春暮れんとす」という晩春を愛惜する心情が自らの生をいとおしむ思いと重なり、落ち着いた風情をたたえた一首となっている。上の句の終わりの「花垂れて」と、下の句の終わりの「春暮れんとす」が内容的、句法的にもひびき合い、一首の主題が読む者の心に静かにひろがってゆくようである。

いちはつの花咲きいでて我目には今年ばかりの春ゆかんとす

『竹の里歌』（明治三十七年）

明治三十四年作。有名な「しひて筆をとりて」という題詞をもつ一連中の作である。このころの子規はすでに病状きわめて重く、「墨汁一滴」などの随筆にうかがわれるように、病床六尺の日々に呻吟していたと言ってよいであろう。起居もままならず、襲いくる痛みにも苛酷なものがあった。そんな境遇の中で、子規の写生の眼はいちはつの花の開花を捉え、おのずとそこに自らの命の限りあることを思わずにはいられなかったのである。しかし、その思いは単に嘆きのみではなく、今咲きそめたいちはつの花と自らの命の交感を一期一会として歌の調べに刻む、深いひびきをもつ一首となっている。なお、手法的に見れば、「いちはつの花」という点景から「今年ばかりの春」と大きくうたいとる視点の推移の自在さに注目すべきものがあろう。

裏口の木戸のかたへの竹垣にたばねられたる山吹の花

『竹の里歌』（明治三十七年）

明治三十四年の作。四月三十日の『墨汁一滴』に収められたもので、いずれも結句が「山吹の花」で結ばれた十首の連作の一首目である。詞書には、「病室のガラス障子より見ゆる処に裏口の木戸あり。木戸の傍、竹垣の内に一むらの山吹あり。此山吹もとは隣なる女の童の四五年前に一寸許りの苗を持ち来て戯れに植ゑ置きしものなるが今ははや縄もてつがぬる程になりぬ。」と記されている。一首は、裏口の木戸の傍らに「咲きくてなかば散りたる」山吹があり、その山吹が小縄で束ねられている景を詠んでいる。基本的に叙景の作で、とりたてて作者の感情が直接流れ込んでいるわけではない。また、少なくとも子規が意図的に山吹の花に自らの内部生命を象徴させようとしたとも思えない。あくまでも嘱目の景を詠じた作と言ってよいであろう。しかしながら、この一首にはその描出された景自体に何とも言えぬ趣と哀感がある。おそらくは裏口の竹垣に無造作にくくられた山吹自体に凡ならざる情感があり、その着眼に作者子規の手腕が見てとれるのであるが、同時にまたそれがおのずから最晩年の子規の哀感とひびき合っているところに一首の深さが感じとれるであろう。

（山田吉郎）

◉参考資料

『子規全集』全二十二巻別巻三　講談社、昭和五十〜五十三年
藤川忠治『正岡子規』桜楓社、昭和三十八年
岡井隆『正岡子規』筑摩書房、昭和五十七年
大岡信『正岡子規——五つの入口』岩波書店、平成七年

●よさの　てっかん

与謝野鉄幹

明治六年二月二十六日――昭和十年三月二十六日

本名寛。京都市岡崎に誕生。兄二人は他家の養子となり、もう一人の兄は行方不明となる。苦労の末、明治二十五年九月に上京、落合直文に師事し、「あさ香社」で国文学、歌学の研鑽を積む。二十七年五月「二六新報」紙上に「亡国の音」を連載し、旧派歌人を論難した。三十八年四月に韓国に渡り、二十九年に詩歌集『東西南北』を刊行。朝鮮半島での緊迫した日清関係の時局詠を多く含む。三十二年十一月に東京新詩社を結成、翌年「明星」を創刊。「明星」は浪漫主義文学の中枢舞台となり、妻となった晶子や山川登美子、石川啄木、高村光太郎、北原白秋、吉井勇等を育成する。「明星」は日露戦争後、日本自然主義文学の抬頭と共にその勢いを失うが、鉄幹は沈潜した歌境に至る。主な詩歌集に『紫』（明三四）『相聞』（明四三）『鴉と雨』（大一二）『与謝野寛短歌全集』（昭八）等。

韓にして、いかでか死なむ。われ死なバ、
　　をのこの歌ぞ、また廢れなむ。

『東西南北』（明治二十九年）

詞書に「廿八年の夏、朝鮮京城にありて、腸窒扶斯を病み、漢城病院に横臥すること、六十余日。枕上、偶ま『韓にして如何でか死なむ』十首を作る。」とある。詞書に従えばこの時、腸チフスを病み、入院生活六十日余りに及んだ際の絶叫ということになる。異国の韓でどうして死ぬことが出来ようぞ、このまま死んでしまったなら、自分が今まで実践化してきた大丈夫の歌がまた廃れてしまうではないか、というのが歌意。鉄幹は自分がこのまま死んだら歌論「亡国の音」（明二七・五）で世上御歌所の歌などの女々しい歌を廃し雄壮活発な歌を詠めとした短歌の改善改革の主張も無になると云っているのである。『東西南北』は歌論「亡国の音」を実作で示そうとした詩歌集である。

恋と名といづれおもきをまよひ初めぬわが年ここに二十八の秋

『鉄幹子』（明治三十四年）

歌集『紫』に重出。私のこれからの生き方は恋と信義どちらも大切にしたいものだが、今二十八歳の秋にしてそのどちらを選択すべきかその岐路に立たされ迷っている、の意　鉄幹は文学に立身出世をかけ、貧しい寺の子から学歴もない身で苦学力行していた。内縁の妻（林タキノ）との間に萃《あつむ》という子供もいた。しかし、妻の実家から鉄幹に婿として農業を継ぐかそれがいやなら離別かと迫られてもいた。こうした時に鉄幹は鳳晶子と出会い恋に陥ったのである。恋を取るか信義をとるかまさに人生の岐路に立たされた鉄幹の叫びと云えよう。鉄幹が内妻の実家から帰郷する時の歌に〈田百町きよく老ゆるに足りぬべしさはれかへれず我の名と恋〉（「新潮《にいじほ》」第四号 明三三・一一）がある。

われ男の子意気の子名の子つるぎの子詩の子恋の子あゝもだえの子

『紫』（明治三十四年）

『紫』（明三四・四）の巻頭歌。初出は「明星」十一号（明三四・三）。私は雄々しい生き方を好む男であり、強い気概をもち名声を重んじ、剣を取ることも厭わず、詩人として思うままに歌い、また恋に熱中するような悩み多き青春の最中にいるというのである。「子」を七回も反復した修辞法は異色で、ここには文学的野心を燃えたぎらせつつ、一端国家の難事が起きれば剣をとることも厭わないという血気盛んな青年像がイメージ化されている。この歌が詩歌集『紫』の巻頭歌に置かれていることは『紫』そのものに作者の究極の自己主張が盛られているということになろう。

大空の塵とはいかが思ふべき熱き涙のながるるものを

『相聞』（明治四十三年）

私を大空に漂う塵のようなはかない存在とどうして考えることができようぞ、人間の熱い血と涙が流れているのに、の意。大宇宙を漂う生命体という仏教的イメージが意識されている。『相聞』（明四三・三）は与謝野寛の本名で刊行された最初の歌集で、その巻頭歌である。鉄幹は歌論「亡国の音」

（明二七・六）の短歌革新運動から出発し『東西南北』（明二九・七）で虎剣調と称され『鉄幹子』（明三四・二）や『紫』（明三四・四）の恋愛情調に彩られた星菫調を経て『相聞』で沈潜した人間味豊かな洗煉された瞑想的歌境に至る。鉄幹時代から苦悩を経て辿った歌風の変化が見てとれる。

伊藤をば惜しと思はば戦ひを我等のごとく皆嫌へ人

『相聞』（明治四十三年）

「伊藤博文卿を悼む歌。明治四十二年十一月。」の題詞がある。初出は「東京二六新聞」（明四二・一一・四）で「輓歌」の二十首中にある。伊藤博文は明治十八年初代内閣総理大臣に就任し、都合四度首相を務めるなど政府要職を歴任し、三十八年十二月に初代韓国統監になり四十一年の韓国併合の基礎を作った。四十二年十月に満州視察と日露関係調整交渉の途次ハルビン駅頭で韓国人安重根に射殺された。伊藤博文の死を惜しいと思うならば我々と同じように戦争で殺し合うような行動は嫌おうではないか、の意。伊藤博文の死を惜しむ風潮は日本人の民族的感情だったことは確かだが、韓、露国を含めた世界の人々に向けたメッセージが「我等の」に込められていることに注目しよう。（永岡健右）

◉参考資料

『鉄幹晶子全集』全三十二巻　勉誠出版、平成十三年～平成二十三年
中晧『与謝野鉄幹』桜楓社、昭和五十六年
逸見久美『むらさき全釈』八木書店、昭和六十年
永岡健右『与謝野鉄幹研究――明治の覇気のゆくえ――』おうふう、平成十八年

●よさの　あきこ

与謝野晶子

明治十一年十二月七日――昭和十年五月二十九日

本名志よう。堺県堺区（現在の大阪府堺市）に生まれた。生家鳳家は屋号を駿河屋といい、菓子の老舗であった。明治二十五年、堺女学校（現在の大阪府立泉陽高等学校）を卒業。十九歳の頃から作歌を始め、明治三十三年東京新詩社の機関誌「明星」が創刊されると、第二号以降に毎月作品を発表。明治三十四年家を捨て上京、同年『みだれ髪』を刊行。情熱的で奔放な作品は、輝くばかりの浪漫性を示し、歌壇・文壇はもとより一般社会にも大きな反響を呼んだ。同年十月、鉄幹と結婚。明治三十七年、日露戦争に従軍の弟を思って「君死にたまふこと勿れ」を発表。明治四十四年、「青鞜」の創刊に詩を寄せ、賛助会員となり女性文化の向上を目指した論文を寄稿する。古典研究にも精力的で、「源氏物語」等の新訳を刊行。明治四十五年、鉄幹を追ってパリに赴く。大正期に入り歌集・歌論等を次々に刊行。作風は浪漫的詩情から沈潜した思索的な抒情へと変化。大正十年、文化学院初代学監となり芸術自由教育を提唱。昭和十七年、六十四歳にて永眠。

その子二十櫛《はたち》にながるる黒髪のおごりの春のうつくしきかな

『みだれ髪』（明治三十四年）

櫛に流れる豊かな黒髪を通して、青春の美を誇り高く歌い上げた作品である。「その子」は作者自身をさす。みずからを浪漫的な世界の主人公として位置づけた手法は斬新である。「おごりの春」という表現には自己陶酔が強すぎる感もあるが、明治三十年代当時の封建思想の中にあって、古い因習を打ち破ろうとする作者の意欲的な表現とみることができよう。「明星」の詩精神に呼応して、女性美を誰はばかることなく自由奔放に謳歌したのである。「やは肌のあつき血汐にふれも見でさびしからずや道を説く君」などの作品同様、感覚的・官能的な歌ではあるが、女性讃美の戦略的思想も見逃してはなるまい。

春みじかし何に不滅《ふめつ》の命ぞとちからある乳《ち》を手にさぐらせぬ

『みだれ髪』（明治三十四年）

これも青春を謳歌した歌。この世に永遠に滅びないものなど何処にあろうか。いまこの時、この短い青春を全身で生きようとする思い。青春を燃焼させようとするその迸る思いは、おのずから大胆奔放な性を歌い上げる。古い道徳観に縛られたこれまでの恋愛感情を、一気に突き破る性愛の歌には、新しい倫理を提示する意欲も感じられる。封建的桎梏のなかに生きる女性にとっては、まさに革新的な意味をもった前衛短歌と言うことができよう。近代短歌の素材としては初めて乳房が歌われたことでも新しい意味を獲得した。その後の、近現代の女流歌人に与えた影響も大きい。

海恋し潮《しほ》の遠鳴りかぞへてはをとめとなりし父母《ちちはは》の家　『恋衣』（明治三十八年）

初出は三十七年八月の「明星」。既に鉄幹との間に二児を設けている。晶子は恋のため、父母にそむき、故郷を捨てて東京の鉄幹のもとに走ったのであるが、しみじみとみずからの少女時代を振り返っている。海近い家に生まれ、潮鳴りの音を聴きながら成長した生い立ちが、この一首の実感を深めている。「海恋し」と初句で言い切って故郷への思いの強さを表し、結句を「父母の家」と体言止めにして深い感慨を込めている。初句切れ、体言止めは新古今への親炙を示すもので、「したたむは定家が撰《え》りし歌の御代式子の内親王《みこ》は古りしおん姉」という歌がある。

金色《こんじき》のちひさき鳥のかたちして銀杏《いてふ》ちるなり夕日の岡に　『恋衣』（明治三十八年）

夕日の中に散りしきる銀杏の美しさを詠んだ作品。散りゆくさまを「金色のちひさき鳥のかたち」という比喩によって捉えているところに晶子らしい唯美的な感覚がみられる。比喩の底に実感がこもっており、「銀杏ちるなり」で区切れる四句目までの調べが素直に詠嘆を誘う。絵画的構想によるこうした叙景は、しだいに物語的背景をもった幻想の世界へと発展してゆくのである。たとえば、「春の海いま遠《をち》かたの波かげにむつがたりする鰐鮫《わにざめ》おもふ」（『舞姫』）など、不思議な歌がある。

遠つあふみ大河ながるる国なかば菜の花さきぬ富士をあなたに

『舞姫』（明治三十九年）

「大河」「菜の花」「富士」を、パースペクティブに捉えた壮大な叙景歌である。構図的な描写は平明で、型どおりの印象もなくはないが、色彩感にあふれた浪漫性は格調が高く、やはり晶子の外向的な個性が息づいている。アララギの歌人が叙景のあり方をめぐって批判し、写実派と浪漫派の違いが顕在化したことで話題を集めたが、唯美的な心情による叙景歌として愛唱された。なお、蕪村の「春雨の中を流るる大河かな」「菜の花や月は東に日は西に」の句の影響があることも指摘されており、本歌取り的着想によるパロディ作品と捉えることもできよう。蕪村の浪漫性豊かな作風に惹かれたものと思われる。

ああ皐月《さつき》仏蘭西《フランス》の野は火の色す君も雛罌粟《コクリコ》われも雛罌粟

『夏より秋へ』（大正三年）

激しい情熱で鉄幹の許に走ったのは二十四歳の時。その時の情熱が再燃したかのような晶子三十四歳の歌。西洋文学吸収するため洋行した鉄幹の後を追って、フランスまで赴いた晶子の思いには、あの頃とは異なる複雑なものがあった。にもかかわらず、晶子の歌は、開放的な明るさに溢れている。当時、憧れの異国でもあったフランスの空気をたっぷりと呼吸する姿が彷彿とする。咲き乱れる紅いひなげしを「火の色」と形容し、さらに「雛罌粟《コクリコ》」と読ませて和洋混交の不思議な美意識を醸し出す。「君も雛罌粟《コクリコ》われも雛罌粟」と繰り返して、燃えるような雛罌粟の中に晶子と鉄幹の二人が、いまにも溶明しそうな映像として描出されている。

花一つ胸にひらきて自らを滅ぼすばかり高き香《か》を吐く
『火の鳥』（大正八年）

「花」は浪漫性の象徴として詠まれてきた。心の中心に香り高く花がひらくという表現は、いかにも晶子らしい発想である。しかし、この歌の場合、「花」に象徴された浪漫性をこれまでのように謳歌したものでない。「自らを滅ぼすばかり」という言葉に明らかなように、晶子の心には、明から暗に転ずる重苦しい心境が訪れてきている。詩歌によって自我の拡大解放を歌い上げてきた晶子にも、現実との軋みから生まれる苦悩に襲われるときが多くなってきたのである。

唯だ一人遠くはるかに見てさむし海をあゆめる桟橋の脚《あし》
『太陽と薔薇』（大正十年）

感覚官能による主観とは異なる心境が詠まれている。「唯だ一人」という孤独感。「はるかに見てさむし」には、人生の軌跡を客観的に眺める姿が伺える。古典研究、婦人問題など、さまざまな分野において精力的に活躍しながらも、晶子に訪れてきた空無な時間。晩年意識というものを感じつつ、晶子の歌は自己観照の心境を深めてゆく。「海をあゆめる桟橋の脚《あし》」という表現は、実景であるとともに思索的な心象風景でもある。社会と家庭と個人の間に立って、みずからの境涯を静かに客観視した、新たな作風が見られる。

誰見ても親はらからのここちすれ地震をさまりて朝に至れば

『瑠璃光』（大正十四年）

大正十二年九月の関東大震災に遭い、帝都を焼き尽くした劫火の恐ろしさ、地震後の人々の様子などを詠んだ一連の中の一首。掲出歌には、余震に怯えながら一夜を明かす自らの体験が詠まれている。「誰見ても親はらからのここちすれ」には、震災に見舞われた者の、当事者としての不安感が、ありのままに表現されている。晶子はこの震災で、苦心の『源氏物語訳』原稿、数千枚を焼失した。大正十年に西村伊作らと創設した文化学院も大きな被害を受けた。大きな事故・事件に遭遇した時、人間はこれまでの価値観を見直さざるを得なくなることが多い。人間の作り上げた社会構造、社会的価値観、人生観に根本的な疑念を抱くことすらある。晶子にも「人あまた死ぬる日にして生きたるは死よりはかなきここちこそすれ」の歌がある。

箱根山君を思ひて深く入り君を思ひて山出づるかな

『白桜集』（昭和十七年）

『白桜集』は平野万里によって編まれた遺歌集である。昭和十年に夫・鉄幹が亡くなり、夫への挽歌を晶子はたくさん詠んだ。鉄幹は夫であると同時にかけがえのない文学の同行者でもあった。晶子の喪失感は「人の世に君帰らずば堪へがたしかかる日すでに三十五日」と歌うように深い。しかし、かけがえのない死者への挽歌は、愛の歌として哀傷、哀艶な韻律を奏でる。晶子の遺歌集『白桜集』も、万葉以来の挽歌の伝統に繋がっており、晶子の挽歌には、老いの自覚とともに、「いのち」の奥深さを見つめる透徹した感情が流れている。掲出歌の「君を思ひて」の繰り返しには、山のいのち、君のいのちにふれてゆく愛惜の思いが豊かである。挽歌が、愛の歌でもある証しである。

楽しげに子らに交りてくだものの紅き皮むく世のつねの妻　『春泥集』（明治四十四年）

晶子には浪漫派の官能的華麗な歌人としてのイメージが強いため、一生活人としての姿をどうしても忘れがちになってしまう。主婦として、また母親として地道な生活を送ったことを、自由奔放な文学活動、さらには社会活動とも、同時に見ておく必要がある。

『春泥集』を上梓したのは結婚十年目の年である。すでに男女あわせて七人の子を儲けており、多忙きわまりない日常生活が想像される。散文には家事に追われる日常を書いたものもけっこうあるが、短歌にはあまり多くない。右に挙げた作品は晶子には珍しい日常詠、家族詠である。どこにでもある家庭の一場面を歌ったにすぎないが、絢爛たる文学活動とは別の、もう一つの晶子の姿を見ることが出来て興味深い。

それは、生活人晶子のありのままの姿ではあるが、日常に即して、生活そのものを静かに見つめているだけの作品ではないように思われる。家庭の平凡な暮らしを慈しみながらも、家庭人である自分を客観的に見る歌人晶子の眼がある。「世のつねの妻」という表現には、文学と家庭の狭間に置かれた複雑な思いというものが垣間見られはしまいか。

家庭と文学と、さらには社会的自己をも超人的に両立させた晶子には、誰にも理解することのできない苦悩があったのかもしれない。「世のつねの妻」(あるいは「世のつねの母」)と表出された言葉の背後には、計り知れない苦悩があったに違いない。家庭は家庭、文学は文学、社会は社会というようには割り切れるものではない。家庭と文学と社会は、付かず離れず晶子の心の中に、苦悩と歓びを往還するように存在したのであろう。晶子の人間像全体を考える上で、右に挙げた一首は重要な位置を占めるものである。

(武藤雅治)

◉参考資料

『鉄幹晶子全集』全三十二巻　勉誠出版、平成十三年～二十三年
『新潮日本文学アルバム　与謝野晶子』新潮社、昭和六十年
逸見久美『新みだれ髪全釈』八木書店、平成八年

●おのえ　さいしゅう

尾上柴舟

明治九年八月二十日——昭和三十二年一月十三日

岡山県苫田郡津山町（現・津山市）で旧津山藩士北郷家の三男として生まれ、のちに同藩士尾上家の養子となった。本名は尾上八郎。明治三十四年に東大国文科を卒業、以後、東京女子高等師範学校や女子学習院等で長く国文学や書道を教えた。草仮名研究の大家であり、書家としても活躍した。短歌は、はじめ桂園派に学び、ついで落合直文のあさ香社に移った。明治三十年代になると、明星派の浪漫調に対抗して金子薫園らと叙景詩運動を展開し、同三十五年、第一歌集『叙景詩』を金子と合著で出版した。同三十八年には車前草社を結成したが、ここには若き日の前田夕暮や若山牧水や三木露風が参加していた。同四十三年十月、『創作』誌上に「短歌滅亡私論」を発表し歌壇に衝撃を与えた。大正三年に歌誌『水甕』を創刊、以後、没年までこれを主宰した。生前に刊行された歌集は十二冊あり、他に遺歌集一冊がある。

つけ捨てし野火の烟《けむり》のあか〳〵と見えゆく頃ぞ山は悲しき

『日記の端より』（大正二年）

野焼きのためにつけ放たれた炎が、暮れなずむ早春の山裾を赤く染め、そこかしこに細く燃え立っている。もの悲しくも美しいその光景に作者は茫然とただ佇ちつくしていた。歌意は以上のように捉えられる。野火とは野焼きの火のことをいう。野焼きは、早春に原野を焼くことで雑木の繁茂を抑え、放牧地や茅場として利用できる状態を維持する目的から行われる行為で、かつては全国各地で見られた。柴舟がこの歌が詠んだのは伊豆であり、伊東の地にこの歌の歌碑が建てられいる。柴舟の代表作であるとされるとともに、近代の秀歌のひとつとして取り上げられることの多い一首である。

昼深し山のくずれの一筋の強く流れて谷はさびしき

『空《そら》の色《いろ》』（大正八年）

暑い夏の午後である。深い緑に覆われた谷の斜面に一筋、赤い山肌をむき出しにした崩落現場が見える。なんと痛々しいことか。山崩れの現場という素材の影響もあろうが、どこか言いしれぬ不安の存在を予感させる印象強烈な一首である。「昼深し」と初句切れでぽんと投げ出されていることから普通ではない。続く三句は、「山の」「くずれの」「一筋の」と「の」で接続され、読者に息を継ぐ間を与えない。ぐいぐいと押し込んでくる。結句に至って突然、その情景を「さびしき」と断定する。この振幅の大きさが不安感を醸すのであろう。

目さめなばまたも飲まなと酔ひつつも入りにしとはの眠りしよしも

『間歩集《かんぽしふ》』（昭和五年）

昭和三年、若山牧水の死を悼んで詠まれた一首である。目が醒めたならまた飲もうと思いつつ、酔っ払ったままに入ってしまった永遠の眠りであることよ。酒を愛した牧水への挽歌としていかにもふさわしい。「よし」には万感の思いが籠もる。先述のように牧水は、世に出る以前、車前草社で柴舟門下に身を置いた一時期があった。弟子ともいえる牧水の早すぎる死に、柴舟は何を思ったのであろうか。柴舟門下から出て、牧水とともに一躍自然主義短歌の旗手となった前田夕暮の死（昭二六）への追悼歌は「磨《みが》きたての細刃《ほそば》のナイフ物清く割《さ》きて匂《にほ》はすさながらの君」である。

出でて征《ゆ》く人のここにもありつるか霧に濡《ぬ》れたる旗静かなり

『芳塵《はうぢん》』（昭和十七年）

日中戦争の始まった昭和十二年、伊那を旅行した時の作である。蘆溝橋での両軍の衝突から始まった戦いは、上海に飛び火し、日露戦争以来の動員を必要とする激戦となった。召集令状が伊那谷の村にも届いていたのである。出征を祝って飾られた日の丸の旗が雨に濡れている。ああ、こんな村からも戦地へ赴いていく人がいたのだ。新聞紙上では戦争報道が次第に過熱していたが、都会の日常生活はまだ平時さながらであった時期である。それだけにこの光景には深く打たれるものがあったのであろう。

事あらばおそ寝おそ起きあしからず時を惜しみてなすべきはなせ

『ひとつ火』（昭和三十三年）

まず目に飛び込んでくるのは「おそ寝おそ起きあしからず」だろう。思わず「それでいいの。しめた」と言いたくなる。改めて見直すと、そうではなく、日常の習慣に反しても成し遂げなければならないことのある場合には、という条件付きでの許可でしかない。だが、このような誤解を誘う一瞬の機微こそがこの歌の面白さなのである。養子兼英氏の結婚に際して与えたなかの一首という。この一連にはこの他に「習へとし言ふにはあらね金婚の時過ぎて猶睦《なほむつ》む我等《われら》ぞ」というおのろけの歌もあって楽しい。

（松田愼也）

◉**参考資料**

『尾上柴舟全詩歌集』短歌新聞社、平成十七年

加藤将之『尾上柴舟の秀歌』短歌新聞社、昭和四十九年

「尾上柴舟追悼号」「水甕」昭和三十二年九月

●くぼた　うつぼ

窪田空穂

明治十年六月八日——昭和四十二年四月十二日

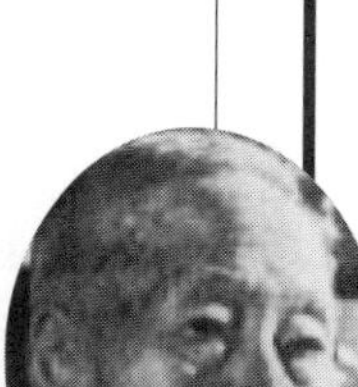

長野県東筑摩郡和田村町区（現在の松本市）に生まれた。本名通治《つうじ》。長野県尋常中学校（現在の松本深志高校）を経て東京専門学校（早稲田大学）文学科に進んだ。鉄幹・晶子の新詩社、電報新聞社、独歩社、紫明社、読売新聞社などを経ながら、短歌・小説・古典研究などの文学活動を続けた。明治四十年に同郷の亀井藤野と結婚（大正六年藤野死去）。大正九年早大文学部国文科専任講師（十五年教授）。自然主義など時代の文学思潮に反応しながら、時代批評、人生肯定、境涯詠に独自な深化を見せたが、老境の生命感にあふれる作品は特筆される。「国民文学」「槻の木」「まひる野」の創刊に関わった。昭和四十二年二月心臓衰弱のため死去。享年九十一。第一歌集『まひる野』から『清明の節』まで二十三冊の歌集がある。また『万葉集評釈』・『短歌作法』などの古典評釈書・歌論書や『窪田空穂全集』全二十九巻がある。

槍が岳そのいただきの岩にすがり天《あめ》の真中《まなか》に立ちたり我は

『鳥声集』（大正五年）

松本生まれの空穂は、日本アルプスの山容を親しみと畏敬の念をもって仰ぎ見て育ったことであろうが、槍が岳登山は大正二年八月、三十七歳の時であった。「槍が岳の絶頂に立つと、我等は世界の荘厳と、その気息の身に近く感じられるのに対してただ眼を見張り、息を呑むのみであった」、と詞書にあるように、槍が岳を征服したという実感よりは、人間を拒絶する神のような偉大な存在との一体感からくる強い感動であったのだろう。この時に空穂は上高地の宿でウェストンにも会っている。『日本アルプス縦走記』などを著した空穂は、日本登山史の黎明期のアルピニストだったのである。

其子等に捕へられむと母が魂螢《たま》と成りて夜を来たるらし

『土を眺めて』（大正七年）

空穂の妻藤野が亡くなったのは、大正六年四月で、幼い章一郎とふみの二人が残された。空穂は妻とその死を「亡妻記」に心をこめて書いている。二人の子はすぐに妻の実家にあづけられたのであるが、掲出歌は、その信州島立村の夏の夕方に飛び交う螢を追う二人の子たちの情景をとらえ、さらに空穂の妻恋いの情感をもこめた一首となっていよう。その螢は、「其子等に捕へられむと」あの世から飛んできた「母の魂」であろうという思いが広がる。幽明境を異にした母と子の交感が夢幻的にとらえていてかなしくも美しい。

地はすべて赤き熾火《おき》なりこの下《した》に甥のありとも我いかにせむ

『鏡葉』（大正十五年）

大正十二年九月一日に起きた関東大震災の東京の光景である。二年前に新築した雑司ヶ谷の家は無事であったが、多くの知人たちの安否が気がかりであった。神田猿楽町で古書店を営んでいた甥もその一人であった。「あふ向きて浮かぶは男うつ伏してしづむは女小さきはその子か」など、空穂はその惨状をつぶさに見て連作五十首に詠み留めている。それらの多くは感情を抑えた描写に徹している。このたびの東日本大震災の惨状を伝えるテレビなどのなかった当時の空穂の震災詠は強い臨場感を今に伝えている。

はらはらと黄の冬ばらの崩れ去るかりそめならぬことのごとくに

『老槻の下』（昭和三十五年）

冬の寒さに耐えて咲き続ける黄のバラが花びらを落とし始めた。「はらはらと」散るさまがいさぎよくもあり優美でもある。上句はその事実を的確にとらえ、その感動を内にこめる。「崩れ去る」にすべての生命にかかわる認識が深められて、冬バラの散る現実が、かりそめのものでない大自然の意志のように感じとられたのであろう。このとき八十三歳であった空穂は自らの老いをも同時に見つめることになったのではないか。散りゆく冬のバラと老いを通じて大自然と生命の深みを探る気分が感じとれる。

アベベ走る群を抜きてはひとり走るリズムに乗りて静かに速く

『去年の雪』（昭和四十二年）

昭和三十九年は、東海道新幹線の開通や東京オリンピックの開催など戦後の日本の元気を象徴する年となった。「オリンピック我が国はする開会式老いの眼そぞろに濡るるものあり」、と米寿の空穂を大いに感激させたのであった。日本女子バレーの優勝は圧巻であったが、マラソンランナーのアベベ・ビキラの存在感が光った。哲学者的な風貌のランナーの静かでひたすらな走りは真摯な人間の生き方に通じていた。「アベベ走る」という初句切れによる感動の凝縮が効果的で、「ひとり走る」と続け、「静かに速く」と、その速度感を増幅させて流れるような表現の冴えを見せる。空穂の人生肯定の明るさを感じさせる一首である。

（中根誠）

◉参考資料

『窪田空穂全集』全二十九巻　角川書店、昭和三十八年〜四十三年
窪田章一郎『窪田空穂の短歌』短歌新聞社、平成八年
大岡信『窪田空穂』岩波書店、昭和六十二年

●おおた　みずほ

太田水穂

明治九年十二月九日――昭和三十年一月一日

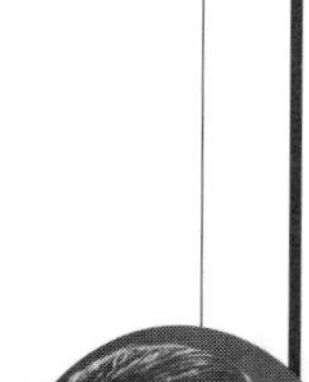

本名貞一。長野県東筑摩郡原新田村（現在の塩尻市広丘）に生まれた。十七歳頃から少年雑誌に和歌や文章を投稿。長野県師範学校では同級に塚原俊彦（島木赤彦）。第二歌集『山上湖上』は赤彦と共著。高等小学校、和田小学校長、松本高等女学校等勤務。二十五歳の時、和歌同好会「この花会」を組織。会員に窪田空穂も。明治三十五年、二十七歳で第一歌集『つゆ草』。信濃毎日新聞短歌欄選者。独学で文部省倫理科教員検定試験に合格。三十三歳の時上京、私立日本歯科医学校倫理科教授となる。有賀みつ（四賀光子）と結婚。大正四年「潮音」を創刊。若山牧水も協力。水穂は「短歌立言」で万有愛を唱えた。また、幸田露伴らと「芭蕉研究会」を開き、芭蕉の俳諧の境地を短歌に取り入れようとした。アララギの「写生」が歌壇で勢いをもつ中、短歌のゆくところは象徴しかないと明治期より言い、「日本的象徴」を標榜する。歌集十冊、著作『日本和歌史論』など多数。『太田水穂全集』全十巻（近藤書店、昭三一～三四）。『太田水穂全歌集』（短歌新聞社、昭五九）が刊行されている。

秀《ほ》つ峯を西に見さけてみすずかる科野《しなの》のみちに吾ひとり立つ

『つゆ草』（明治三十五年）

第一歌集『つゆ草』の巻頭二首目の歌。青年の、心のきおいが力強く伝わる歌である。「秀つ峯」は高くそびえたつ山の峯。「見さく」はふりさけみる、遠く見やる。「みすずかる」は科野（信濃）の枕詞。広い信州平野のただなかに立って、はるかにくっきりとそびえる日本アルプス。高きものは、青年のめざすもの、あこがれである。青年水穂にとってはこの道は文学の道でもある。文学への希求の思いは、変わらぬひとすじの道として、その後も度々詠われている。七十一歳の作「命ひとつ露にまみれて野をぞゆくはてなきものを追ふごとくにも」の歌碑が、故郷広丘に建つ。

すさまじくみだれて水にちる火の子鵜の執念の青き首みゆ

『鵜』（昭和八年）

昭和七年、水穂五十七歳の作。八月、潮音社第三回記念全国大会を、宇治黄檗山万福寺に開く。その際、宇治川の鵜飼を詠んだ。上句、夜の宇治川に焚いた篝火が、風にあおられて水に散るさま。「すさまじくみだれて…ちる」の荒涼とした感じが、「鵜の執念」と呼応する。鵜は鮎を捕えようとその首をもたげ、水に突っ込む。生命のすさまじいまでの獰猛さ、かなしさを、「青き首」に象徴させた。鵜にとどまらない。作者は人間の執念のすさまじい貪欲さもそこに見ている。水穂は、「還暦の胸臆を語る」で、歌集『鵜』に至るあたりにこそ自分の真実の面目を打ち出していると述べている。

白王《はくわう》の牡丹の花の底ひより湧きあがりくる潮の音きこゆ

『螺鈿』（昭和十五年）

大きな白い牡丹。清新で堂々とした気高さに、作者は敬愛の念を持って見つめる。その花の底から潮の音が湧き上がってくるという。花から潮の音がする、現実にそんなことはない。咲き誇る牡丹の花の生命力を感じとり、「聞こえてくるようだ」といわず、こう表現する。水穂の説いていた「直観」による歌。花の表面だけでなく、花の内面の生命力を直観したのである。水穂は実景を写すだけに終わらず、その内面、背後の世界を暗示しようとする。「日本的象徴」を唱えた水穂の代表的な象徴歌の一つである。

またしても啼きそこねたる鶯を笑はむとして涙こぼれき

『流鶯』（昭和二十二年）

「またしても」だから、さっきも失敗しているのだ。まだ未熟な片鳴き。失敗を笑おうとして、はっとする。失敗しても失敗しても啼く鶯の一生懸命さ、いじらしさに思い至って、作者の目には涙があふれてくるのだ。鶯の一生懸命さに対し、自分はどうなのかと自省の念がわくのである。『流鶯』のあとがきには、「流鶯とは春すでに老けて、声を惜しまずに鳴く鶯を云ふのであります。余所行きでなく、実におのづからな気持で景物、事象を迎へる端から老いそゞろな心で流れ鳴きをしたのが、この集の心であります。」とある。

もの忘れまたうち忘れかくしつつ生命をさへや明日は忘れむ
『老蘇の森』（昭和三十年）

昭和二十八年、亡くなる二年前、「病床夢幻(二)」の一連の中の歌。もの忘れをする自分を自覚する。だんだんにもの忘れがきつくなってくるのを感じる。それを、「ああ、こうして生命まで忘れてゆくのか」と、老いをそのまま受け入れてこう詠んだこの歌には、感嘆する他ない。さながら、悟りをひらくようで、抹香くさいわけではない。嗣子太田青丘は水穂の歌業を四つに分け、「準備期（歌集一～三）・活躍期（四～六）・円熟期（七～八）・余映期（九～十）」とした。遺歌集である最後のこの時期を、「芸といふやうな意識を越えて、天真流露、端的に放下して、涼風ふところにみつるといふ趣があつた。」と言っている。

（木村雅子）

◉**参考資料**

『太田水穂全集』全十巻　近藤書店、昭和三十二年～三十四年
太田青丘『太田水穂研究』角川書店、昭和四十二年
太田青丘『太田水穂』桜楓社、昭和五十五年

●きたはら　はくしゅう

北原白秋

明治十八年一月二十五日——昭和十七年十一月二日

本名隆吉。福岡県山門郡沖端《おきのはた》村大字沖端町五十五番地（現在の柳川市）に生まれた。北原家は代々柳河藩御用達の海産物問屋であったが、父長太郎の代に酒造業が本業となった。十七歳の時に雑誌「文庫」に投稿、十九歳で上京してからは「明星」に加わり平野万里、木下杢太郎、石川啄木、吉井勇らと知り合う。「明星」廃刊後「パンの会」を起こし、雑誌「スバル」主要同人としても活躍。詩集『邪宗門』『思ひ出』を出版。明治四十四年雑誌「朱欒《ザンボア》」創刊。萩原朔太郎、室生犀星、大手拓次らを輩出する。大正二年、第一歌集『桐の花』を出版。歌人として高い評価を得る。大正七年、創刊された鈴木三重吉の「赤い鳥」に参加、童謡を次々に発表する。大正十三年、土岐善麿、釈迢空、前田夕暮らと雑誌「日光」創刊。昭和十年には雑誌「多磨」を創刊するなど広い視野を持って多才な才能を発揮し日本の詩歌に輝かしい業績を残した。

春の鳥な鳴きそ鳴きそあかあかと外《と》の面《も》の草に日の入る夕

『桐の花』（大正二年）

第一歌集『桐の花』の巻頭には「桐の花とカステラ」と題する自序が置かれ、白秋はそこで短歌を「一箇の小さい緑の古宝玉」に見立ててさまざまな芸術表現の陰にそっと秘蔵して哀惜すべきものであると述べている。この一首は明治四十一年七月の観潮楼歌会に出されたものだが、母音Aを意識的に多用することによって明るい春の夕べのさびしさが際立っている。この歌を含む巻頭の「銀笛哀慕調」一連には他に、「ヒヤシンス薄紫に咲きにけりはじめて心顫ひそめし日」「あまりりす息もふかげに燃ゆるときふと唇はさしあてしかな」など、青年期の清新な抒情が豊かに歌われている。

病める児はハモニカを吹き夜に入りぬもろこし畑の黄なる月の出

『桐の花』（大正二年）

同じ「銀笛哀慕調」のなかの「夏」の一首。白秋は昭和八年六月に翻刻新版された『桐の花』あとがきに「明治四十二年の五月に、私は雑誌『スバル』に「もののあはれ」六十三首を寄せた。この集の「銀笛哀慕調」の歌が主としてそうである。ここに於て初めて私の『桐の花』の新体が生れたと云つていい」と記している。つまり、それまでのいわゆる「明星調」を脱して自らの短歌はこうあらねばならないのだ、というはっきりとした自覚をここで持ったということだろう。病児が独り吹くハモニカの哀調が、夏の宵の大きな月の出をバックにすることで視覚にも聴覚にも訴えてくる歌である。

君かへす朝の舗石《しきいし》さくさくと雪よ林檎の香のごとくふれ

『桐の花』(大正二年)

白秋は明治四十三年九月、二十五歳の時に東京府千駄ヶ谷町(現・渋谷区神宮前)に転居、隣家の松下家の夫人俊子と運命的な出会いをする。その後、四十五年二月には浅草に転居するのだが、七月、俊子の夫に「姦通罪」として告訴され獄舎に繋がれるという屈辱を味わうことになった(八月、免訴)。この一首は近代短歌の中でも屈指の相聞歌であるが、そういった事件に巻き込まれる前の、人を恋う青年のひたすらな思いと幸福感に溢れている。「舗石さくさくと」というS音の爽やかな感じ、林檎の甘酸っぱさが奏功した歌と言えよう。

大きなる手があらはれて昼深し上から卵をつかみけるかも

『雲母集』(大正四年)

大正二年五月、白秋は俊子との新しい生活を始めるに当たり一家をあげて神奈川県三崎町(現・三浦市)に移住する。海辺の町三崎でのさまざまな体験によって歌風も大きく変化し、前集の繊細な感覚から脱却しようとして「不尽の山れいろうとしてひさかたの天の一方におはしけるかも」「あなかしこ棕梠と棕梠との間より閻浮檀金の月いでにけり」など海や山といった自然の景物を力強く歌ったり、人智の及ばぬものへ心を寄せたりもする。この一首もシュールリアリズムの手法だが、こういった多面的な歌が多いのも本集の特長であろう。

しんしんと湧きあがる力新らしきキャベツを内から弾き飛ばすも

『雲母集』（大正四年）

次の『雀の卵』の「大序」において白秋は「私は『雲母集』で失敗した。『桐の花』で完成したものを思ひきつて破滅してかからうとした（略）。言葉が事実以上に飛躍し過ぎてゐた」「何も彼も麗かづくめで躍り跳ねすぎてゐた」と記している。たしかに『桐の花』の西欧風で浪漫的な歌がらとは大きく異なって『雲母集』には放胆で思い切った表現に意表をつかれる歌が多い。この作品もキャベツ畑にきて、これまで見たこともないような大きな玉キャベツを見た驚きをすこし大仰に表現しているのだが、みっしりと成熟したキャベツが内なる力によって裂けているのを「内から弾き飛ばすも」といきいきと新鮮に歌って、大地の中から湧き上ってくる生命力を感じさせる。「新らしき」は「湧きあがる力」が新しいとも、キャベツが新しいとも読むことができるが、前者のほうが新生の力をより強く感じることが出来ると言えよう。

この山はたださうさうと音すなり松に松の風椎に椎の風

『雀の卵』（大正十年）

紆余曲折のうえに結ばれた二人であったが、俊子と両親との折り合いが悪く、現実の厳しさに夫婦の間も次第にうまくいかなくなって結局わずか一年三ヶ月をもって離婚してしまう。第三歌集『雀の卵』は三崎から移り住んだ小笠原と、帰京してからの麻布、また大正五年に江口章子と結婚して千葉県東葛飾郡真間（現・市川市）に住んだ頃の作品を逆年順にまとめたものである。白秋はまだ三十代半ばという若さではあったが、松や椎の木を渡ってゆく風をただ聴いているあてどなさは代表的な詩「からまつ」を思い出させる。

下《お》り尽す一夜《ひとよ》の霜やこの暁《あけ》をほろんちょちょちょちょと澄む鳥のこゑ　『白南風』（昭和九年）

制作順で行けば『白南風』の前に、没後、木俣修によって編集された『風隠集』『海阪』があり、『白南風』は第六歌集ということになる。家庭的には大正九年、章子と離婚。翌十年四月に佐藤キクと結婚。十一年には長男隆太郎、十四年に長女篁子《こうこ》が出生している。『白南風』の時期には四回転居、作品はそれぞれの地名を冠した章に分けられており、この歌は「緑ヶ丘新唱」にある。一面真っ白に下りた霜の朝、目覚めた鳥の声がする。「ほろんちょちょちょちょ」という童謡を多く手がけた白秋ならではのオノマトペが心に残る。

月夜よし二つ瓢《ふくべ》の青瓢《あをふくべ》あらへうふらへうと見つつおもしろ　『白南風』（昭和九年）

『白南風』は四十一歳から四十九歳まで充実期の作品を収める。この間、詩誌『近代風景』を創刊。詩文集や童謡集『象の子』『月と胡桃』、詩集『海豹と雲』、また詩論集や童謡論集などを精力的に出版。昭和四年九月にはアルスから『白秋全集』の刊行も開始している。『白南風』の作風は全体に安定して伸びやかであり、この一首も月の光に照らされた瓢箪の揺れるさまを「あらへうふらへう」と合いの手を入れるかのごとくにおどけて歌っている。浪漫的な詩や懐かしい童謡、小唄、民謡など、白秋が一生に手がけた作物は数え切れないが、その根本には常に純粋な遊び心があったと言えるだろう。

ニコライ堂この夜揺りかへり鳴る鐘の大きあり小さきあり小さきあり大きあり

『黒檜』(昭和十五年)

若い時分からの無理がたたったのか白秋は五十代に入ってからは病みがちとなり、腎臓病、糖尿病と闘う日々が続く。『黒檜』は生前の白秋が編んだ最後の歌集となったが、この間、次第に病状が進み、視力も低下してゆく。「照る月の冷《ひえ》さだかなるあかり戸に眼は凝らしつつ盲ひてゆくなり」「蘭の香や冬は日向に面寄せてただにひとつの命養ふ」などとも歌い、視覚を失ってゆく分、磨ぎすまされた感覚の歌が多い。この一首、下句を大きく字余りにしてニコライ堂の鐘の揺れる様を彷彿させ、音の強弱をよく伝えている。

山河に輝《て》れる今宵《こよひ》の望月の円《まど》けき思《も》へば我盲《し》ひにけり

『黒檜』(昭和十五年)

白秋の眼疾は長年の精神的、肉体的な過労に加えて昭和十二年、『昭和万葉集』の選歌に日夜追われた結果、眼底出血と極度の視神経衰弱を来たしたのであった。『黒檜』は昭和十二年十一月、駿河台の杏雲堂病院に入院してから昭和十五年四月、砧の成城から杉並の阿佐ヶ谷に転居するまでの約二年有半の失明直前の薄明状態のなかに詠まれたものである。だが、そういった状況を白秋自身は必ずしも悲観的にとらえているわけではない。「この一生の重患に於て、他に補うてあまりある道の楽しみを得たことは、私の欣びである。私は寧ろ現在の境涯に於て幸せられてゐる」巻末に自らこのように述べるように、眼疾を神の啓示として受容し、静謐な心境を歌うことに徹していたように思われる。この一首も自らは見ることのかなわぬ望月があたりを皓皓と照らし出している様を心に思い描いて、つくづくと「我盲ひにけり」と詠嘆しているのである。「円けき」という語には、日本の自然を愛し歌い続けた白秋の「月」に対するはるけき憧憬がこめられていると言えるだろう。

行く水の目にとどまらぬ青水沫《あをみなわ》鶺鴒の尾は触れにたりけり

『渓流唱』（昭和十八年）

『渓流唱』は白秋没後、昭和十八年に刊行され、白秋の四十九歳から五十二歳までの作品を収める。この一首は昭和十年三月の「短歌研究」に発表された。同年六月、歌誌「多磨」を創刊した白秋は、「多磨綱領」の中で「多磨の期するところは何か。浪漫精神の復興である」と述べ、皮相な写実にとどまらず、美と香気を備えた、奥行きのある短歌を提唱した。それが「新幽玄体」である。「此の『渓流唱』の一連こそ、後の多磨歌風の先声をなすものであった」と自ら述べているように、清冽な渓流に弾ける水沫とそこに触れるか触れないか、といった鶺鴒の尾をかっきりと格調高く表現している。

須賀川の牡丹の木《ぼく》のめでたきを炉にくべよちふ雪ふる夜半に

『牡丹の木』（昭和十八年）

『牡丹の木』は最後の歌集である。昭和十五年春、世田谷区砧から阿佐ヶ谷に転居して十七年晩秋に永眠するまでの短歌四一四首、長歌五首を収める。この歌は巻頭の「新居」一連にある。福島県須賀川の牡丹園では今でも毎年十一月に寿命の尽きた牡丹の木を燃やす行事が行われているが、実際に行かずとも古来その木を風流な贈物とすることがあるようだ。いよいよ視力は衰えて「門さきに虫捕撫子咲きぬとぞ色はときさて我が眼洗ひつ」という歌に見られるように、花が咲いても見ることもできないのであった。牡丹の木は焚くと良い香がする。視覚の衰えの代りに嗅覚の喜びを得ようとして「牡丹の木のめでたきを」と歌ったものだろう。

（久々湊盈子）

◉参考資料

『白秋全集』全四十巻、岩波書店、昭和五十九年〜六十三年
木俣修『白秋研究ⅠⅡ』新典書房、昭和二十九年、三十年
島田修二・田谷鋭『北原白秋』桜楓社、昭和五十七年

●わかやま　ぼくすい

若山牧水

明治十八年八月二十四日——昭和三年九月十七日

本名繁。宮崎県東臼杵郡坪谷村一番戸に生まれた。明治三十二年延岡中学校に入学し短歌を作りはじめる。同校を三十七年に卒業すると早稲田大学に進み、「新声」の歌壇の選者であった尾上柴舟に師事。明治四十一年に第一歌集『海の声』を、四十三年一月に第二歌集『独り歌へる』を発表。同年三月に創刊された詩歌雑誌「創作」、四月に出版された第三歌集『別離』により歌壇での地位を確立し、前田夕暮とともに自然主義短歌の代表歌人として認められた。明治四十五年太田喜志子と結婚。大正九年八月には田園生活に入るため静岡県の沼津へ転居した。昭和三年の夏頃より病床に臥し、九月十七日に自宅で死去。歌集は十五冊をかぞえるほか、歌論、歌話や紀行文、随筆集も多数刊行されている。全集は『若山牧水全集』（増進会出版、平四〜五）がある。

白鳥は哀しからずや空の青海のあをにも染まずただよふ

『海の声』（明治四十一年）

はじめ「はくてう」とルビされていたが、のちに「しらとり」と改められた。白い海鳥であろう。その鳥に悲しくはないか、空や海の色にも溶け込むこともできずにと呼びかけているのである。景物としての鳥と白のイメージは、古来より杜甫の「絶句」や芭蕉の「海くれて鴨の声ほのかに白し」にも見られるが、空の「青」と海の「あを」を書き分けて背景に微妙な配色の違いを施したのがこの歌の妙味であろう。そのどちらにも落ち着いていられぬ白鳥の姿を歌う一首には、寄る辺なきわが身の寂寥感が染み入っている。『別離』におさめられたときは「女ありき、われと共に安房の渚に渡りぬ。われその傍らにありて夜も昼も断えず歌ふ、明治四十年早春」という詞書が付された。

幾山河越さり行かば寂しさの終てなむ国ぞ今日も旅ゆく

『海の声』（明治四十一年）

牧水と言えば旅と酒だ。これは有名な旅の歌。どれほどの山や河を越えて行ったなら、寂しさの絶える国に行き着くのだろうかという思いが表出されている。『海の声』では「十首中国を巡りて」の中にあり、学生時代の帰省途上の詠作だと知られている。ただ、一首は道中で家郷を偲ぶという類のものではなく、流離の途上にあるかのようで、行き所のない「寂しさ」を印象づける。幾山河を越えるという旅は、その「寂しさ」が胸のうちに深く根を下ろしていることを告げているだろう。カール・ブッセの「山のあなたの空遠く／『幸』住むと人のいふ」からの影響が指摘されている。

海底に眼のなき魚の棲むといふ眼の無き魚の恋しかりけり
『路上』（明治四十四年）

『路上』の巻頭歌で、明治四十三年五月の『創作』に「無光明」と題して発表された中の一首。「光無きいのちの在りて天地に生くとふことのいかに寂しき」「手を觸れむことも恐ろしわがいのち光失ひ生を貪る」のようにも歌われたその世界は暗鬱とした気配に覆われていた。牧水は五月八日の西村辰五郎宛書簡に「僕の眼にうつる全てのものは大方真つ暗だ」とも書いている。深い苦悩の底にいたのだろう。「眼のなき魚」への憧れは、見るにたえない現実あってのことだったに違いない。ただ「眼のなき魚」は見ることだけでなく、見られることもない。相互の視線が織りなす関係性に疲れ、それと無縁の深海の生物に思いを寄せたのである。後に牧水は「ある時は身体いつぱい眼となりてつまらなさをば見てゐる如し」と歌ってもいる。

白玉の歯にしみとほる秋の夜の酒はしづかに飲むべかりけれ
『路上』（明治四十四年）

「かんがへて飲みはじめたる一合の二合の酒の夏のゆふぐれ」等とともによく知られる酒の歌。「白玉」は古典和歌の世界でもしばしば用いられた語だが、ここでは歯の白さを言う。しらたま—しみとほる—しづかにという「し」音の繰り返しが、同じくさ行音の「さけ」と結ぼれて清冷な流れを一首のうちに生みだしている。それを「べかりけれ」という硬い音で受けたところが絶妙で、まるで口に含んだ清らかな一杯がのどを過ぎていくようだ。酒を愛した牧水の面目躍如たる一首である。「べかり」は「べくあり」で「～するのがよい」の意。

プロペラのひびきにまじり聞え居り春の真昼の吾子が泣きごゑ

『砂丘』（大正四年）

「初めて飛行機を見る」と題された四首のうちの一首。動力飛行機が初めて日本の空を飛んだのは明治四十三年のことだった。当時の飛行機は近代の科学が広げる明日の可能性そのものだったろう。大空に機体を見上げるという行為のあり方もそれを物語っているように思われる。その機械的な音にかき消されぬ「吾子が泣きごゑ」からは逞しい生命の力が感じられるだろう。一連は「飛行機を見送りはてて立ちあがる身に寂しさの満ちてゐにけり」に終わるが、未来への期待はどこかで過ぎていく年月を自覚することと結びついているのではないか。機影を追う眼差しが親のそれであることを、この歌の「泣きごゑ」は伝えているように思われる。

（河野有時）

◉参考資料

『若山牧水全集』全十四巻　増進会出版社、平成四年～五年
大岡信『若山牧水』中公文庫、昭和五十六年
大悟法利雄『若山牧水の秀歌』短歌新聞社、昭和四十八年

●まえだ　ゆうぐれ

前田夕暮

明治十六年七月二十七日――昭和二十六年四月二十日

本名洋造。神奈川県大住郡南矢名村（現在の秦野市）に生まれた。長じて中郡共立学校（現在の県立秦野高等学校）に進学するが、神経衰弱のため退学。明治三十七年上京して尾上柴舟に師事、反明星派的な位置に立って活動した。明治四十三年、第一歌集『収穫』を刊行、若山牧水とともに自然主義短歌の代表的歌人として認められ、翌年、主宰誌「詩歌」を創刊する。大正期にはいると、西洋美術の影響を受けて外光派的歌風を拓き、『生くる日に』（大三）『深林』（大五）を刊行した。大正十年代には、「日光」の創刊に参加し、北原白秋とともに口語歌や散文集『緑草心理』の刊行など多彩な活動を展開した。昭和期には自由律短歌運動に転換し新たな短歌の可能性をめざしたが、のち定型に復帰した。昭和二十六年没。歌集は十三冊、散文集は九冊をかぞえる。『前田夕暮全集』全五巻（角川書店、昭四七～四八）が刊行されている。

木に花咲き君わが妻とならむ日の四月なかなか遠くもあるかな

『収穫』（明治四十三年）

木々に花が咲き、恋人が私の妻となるであろう四月の結婚の日がまだなかなか遠いことよ、という意。夕暮は実際に明治四十三年の五月一日に小学校教師の栢野《かやの》繁子と結婚している。この歌は一般に結婚の日を待ち望む青年のういういしい心情を表白した待婚、祝婚の歌として鑑賞され、人口に膾炙した名作と評価されている。春の生命感と結婚への思いが融け合い、併せてイ音からア音へと展開する緩徐調のしらべが巧みである。なお、香川進『鑑賞前田夕暮の秀歌』では、この歌の「君」に関する夕暮の述懐に言及されている。

風暗き都会の冬は来りけり帰りて牛乳《ちゝ》のつめたきを飲む

『収穫』（明治四十三年）

木枯しの吹きすさぶ真暗な都会の夜、一人の青年が自分の下宿に帰り、冷たい牛乳をごくごくと飲みほすという歌であるが、ここには日露戦争後の荒廃した都会に生きる青年の彷徨と孤独がみごとに定着されている。「風暗き都会」に込められた時代的な意味と牛乳の冷たい感覚が、前述のような一首のテーマを支えている。香川進が『鑑賞前田夕暮の秀歌』の中で対象の「切りとり方」（近藤芳美の言葉だという）の的確さや、一首の「はこびの速度感」に論及しているのは鋭い。

向日葵は金の油を身にあびてゆらりと高し日のちひささよ

『生くる日に』（大正三年）

光と生命感に充ちた第三歌集『生くる日に』の代表歌である。大正三年作。夏の太陽を浴びた向日葵の輝きを「金の油を身にあびて」と形容し、頭上の太陽と対置させた絵画的構図が鮮明な立体感を生み出している。当時の歌壇はゴッホ、ゴーギャンをはじめとする後期印象派の影響が顕著であったが、この歌は言うまでもなくゴッホの「向日葵」との関連が注目される。ただ直接的には洋画家正宗得三郎が描く「向日葵」に触発されたと想像される。「何といふ佳い歌であらう。（略）夕暮氏の歌はなかなか西洋流である。」と『アララギ』（同年十一月）で評した斎藤茂吉の言葉は、同じくゴッホに傾倒する生命主義的な歌人としての連帯感を示すものでもあった。

山山の迫れるもとをすぐるとき湖《うみ》はしづかに眼をひらきけり

『深林』（大正五年）

「富士山麓の歌」の一連中にあり、大正三年八月にひとり富士山麓を旅した折りの作である。掲出歌は、西湖を目にした時の感動を詠んだものだが、「河口湖を更らに舟行して、鳥居坂峠を越え、青い壺のやうな神秘湖—西湖」（『素描』）に出合った心のふるえが鮮やかに形象化されている。間近く迫った山襞からやがて西湖の湖面が美しい眼のようにあらわれたというイメージは際やかで、官能的なにおいすら揺曳する。夕暮の官能性は、明治期には濃厚に感じられたが、大正期にはいり稀薄になりつつあった。そうした中で掲出歌はより広い自然親炙と結びつく形で蘇った感がある。

自然がずんずん体のなかを通過する――山、山、山

『水源地帯』（昭和七年）

昭和四年十一月二十八日に行われた空中競詠の折りの一首。朝日新聞社の社機に搭乗し、茂吉・善麿・庄亮らと南関東上空を飛行したが、掲出歌は郷里の丹沢山塊を越える際に詠まれた。体の中を風景がくぐり抜ける感覚は、川端康成『春景色』の「竹の葉にこぼれる光が、さらさらと透明な魚のやうに彼の中を流れた。」という一節をはじめ、横光利一や立原道造作品にも見られ、当時前衛の主客一如表現であった。また掲出歌は口語自由律が衝撃的だが、夕暮は音数にやや調整の余地を感じていたらしく、『水源地帯』の書き入れ本（秦野市立図書館所蔵、夕暮自らの筆蹟と思われる）では後半を、「――山、山、山。――谷地！」と補筆している。

（山田吉郎）

◉参考資料

『前田夕暮全集』全五巻　角川書店、昭和四十七～四十八年
前田透『評伝前田夕暮』桜楓社、昭和五十四年
山田吉郎『前田夕暮研究――受容と創造――』風間書院、平成十三年
村岡嘉子・山田吉郎編『前田夕暮百首』秦野市立図書館、平成十七年

●いしかわ　たくぼく

石川啄木

明治十九年二月二十日――明治四十五年四月十三日

本名一。岩手県南岩手郡日戸村に生まれた。翌年、父の一禎が隣村である渋民村宝徳寺住職となり、一家は渋民に転住。明治三十一年盛岡中学校に進学し、上級生であった金田一京助を通して「明星」と邂逅した。文学を志し、明治三十五年同校を退学する。明治三十八年には詩集『あこがれ』を発表し、堀合節子と結婚。しかし、宗費滞納から父が住職の座を追われると、明治四十年には北海道へ渡った。函館、札幌、小樽、釧路を転々として、翌四十一年小説を書くことで身を立てようと上京する。文名はあがらなかったが、上京後に詠まれた歌が明治四十三年十二月に『一握の砂』に結晶して世に送り出された。明治四十四年病を得て入院。退院後も回復には至らず翌四十五年四月十三日に死去した。その死後、土岐哀果の手によって第二歌集『悲しき玩具』が刊行されている。全集は『石川啄木全集』（筑摩書房、昭五三～五五）がある。

東海の小島の磯の白砂に
われ泣きぬれて
蟹とたはむる

『一握の砂』（明治四十三年）

『一握の砂』の巻頭歌で、砂山を舞台とする十首一連の冒頭に置かれている。海浜の砂山は近代詩歌にしばしば歌われた抒情の場だった。海の青と白砂、蟹の色彩的なコントラストが鮮やかな一首は、リズミカルな「の」音の連接に伴って、「海↓島↓砂浜↓人物↓蟹」へとズームアップしていく手法でもよく知られている。注目すべきは、焦点を絞り込んでいく歌人の視線に「われ」が登場するところだろう。調べに乗って読者はこの「われ」を思わず自分のことのように感じ、抒情の場へと引き込まれていく。また、ここには「かれ」でなく「われ」を歌う短歌表現の機能があまねく発揮されているだろう。歌は「われ」を装《よそ》う器であり、器の中で「われ」は装《よそお》われる。章題を「我を愛する歌」とする所以であろう。

鏡屋の前に来て
ふと驚きぬ
見すぼらしげに歩むものかも

『一握の砂』（明治四十三年）

「ふと」したときには発見がある。この歌ならば、発見されたのは鏡に映った自分の見すぼらしげな姿だ。だが、そういった自分の姿はもちろん、そのとき鏡を見ようと思っていたわけではなかったという心の様態も発見されている。鏡像と意識の空白部という二つの発見を同時に成立させているのが「ふと」した瞬間だろう。だから、一首では己のみじめな姿が突如として胸の内に飛び込んできたかのように感じる。まったく思いもしなかったことに違いない。鏡はそのときの姿だけではなく、これまで歩んできた来し方までも映し出した。少なくとも、「ふと」したこの男はそう感じたに違いない。

はたらけど
はたらけど猶わが生活楽にならざり
ぢつと手を見る

『一握の砂』（明治四十三年）

大正時代に河上肇の『貧乏物語』に引用されたことなどもあって、貧しさを詠じた一首としてよく知られている。しかし、それを嘆じただけの歌ではないだろう。「猶」の響きにより、一首の世界には「貧乏」に限定されない深みが生まれている。「猶」は、「やはり」や「まだ」とは違って、変わることなく同じ状況が続いていることを印象づけるからだ。経済的な豊かさが実現できないだけでなく、手を休めたときにこの労働者が思うのは「わが生活」のあり様なのだ。「生活」が「楽」というのはどういうことなのか。「わが生活」とは。手を見ながら自らに問いかけているのではないか。

不来方《こずかた》のお城の草に寝ころびて
空に吸はれし
十五の心
『一握の砂』(明治四十三年)

「不来方のお城」とは南部氏の居城で、啄木が通った盛岡中学からほど近かった。この歌の一首前には「教室の窓より遁げて／ただ一人／かの城址に寝に行きしかな」という歌が置かれており、啄木がそこで過ごした無為の時間が浮かび上がる。寝ころんで空を見上げる一首であるが、逆に寝ころんでいる十五歳を大空から鳥瞰しているようでもある。それは「空に吸はれし」の「し」によって、歌われているのが過去の出来事であることが明かされているからだろう。「十五の心」とはかつて確かにあったものながら、いまではもうないのだ。『一握の砂』には「己が名をほのかに呼びて／涙せし／十四の春にかへる術なし」という歌もおさめられている。

ふるさとの訛なつかし
停車場の人ごみの中に
そを聴きにゆく
『一握の砂』(明治四十三年)

停車場とは駅のこと。「そを聴きにゆく」とは「それを聴きにゆく」の意で、恋しいふるさとの訛りに対する思いを「聴く」という表記によって印象づけている。ここでの駅とは東北本線の起点である上野駅であろう。いまも上野駅にはこの歌を刻んだ碑が置かれているが、より厳密に言えばこの歌の舞台は上野駅ではない。「聴きにゆく」のだから上野駅以外のどこかでそう思ったと読むのが自然なのではないか。一首の妙は、駅の雑踏を想起させて、地方出身者の東京での孤影をオーバラップさせたところにある。歌われているのは都会の人ごみの中の孤独な姿だ。

アカシヤの街樾《なみき》にポプラに
秋の風
吹くがかなしと日記に残れり
『一握の砂』(明治四十三年)

「札幌に／かの秋われの持てゆきし／しかして今も持てるかなしみ」という歌に続いて、アカシヤやポプラの並木が美しい札幌の風景に思いを馳せた一首である。秋の風が木々の葉を揺らす音が心にしみて、漂うごときわが身が「かなし」と感じられた。だが、この歌は結句の「日記に残れり」によってまた異なった表情も見せる。実際に秋の風に木々が吹かれているときだけでなく、それを日記に書きとめているとき、のちにその日記を読み返しているときという時間の重なりが一首のうちに溶け入ったからだ。あのときの風の音が胸の奥底で響いているように聞こえてくる。

かなしくも
夜明くるまでは残りゐぬ
息きれし児の肌のぬくもり

『一握の砂』（明治四十三年）

『一握の砂』全五百五十一首の最終歌。『一握の砂』末尾の八首は生後わずか二十四日でこの世を去ったわが子を追悼する挽歌だった。「恰も予夜勤に当り、帰り来れば今まさに絶息したるのみの所なりき。医者の注射も効なく、体温暁に残れり」と啄木は日記に書いている。肌のぬくもりが「夜が明けるまでは残っていた」と歌う一首は、夜が明けてから体温が失われていくまでの時間の存在を思わせるだろう。朝日が昇り一日が始まろうとしていくなかで徐々に失われていったそのぬくもりは、生と死が交錯する人生の姿を物語っているように思われる。

眼閉づれど、
心にうかぶ何もなし。
さびしくも、また、眼をあけるかな。

『悲しき玩具』（明治四十五年）

啄木最晩年の一首で『悲しき玩具』の冒頭二首目に置かれている。肉体の動きとしては目を閉じて開いたというだけの行為にすぎない。だが、その間に「心」と向き合った。空っぽの心だったが、空っぽの心は空っぽでない心との対比によって意味づけられるだろう。だから、「心にうかぶ何もなし」は、いろいろな思いを巡らせていた日々を透かし見せる。だが、次の瞬間には心はさびしさにとらわれたのだから、心そのものを感じたのは一瞬だったかもしれない。そういうさびしさに行きあたってから、再び目を開いたとき、目前の光景はさっきと同じように見えるのだろうか。

ドア推してひと足出れば、
病人の目にはてもなき
長廊下かな。

『悲しき玩具』（明治四十五年）

『悲しき玩具』には病と子供がよく歌われている。衰えていく自分と成長していくわが子の姿が対照的に描き出されているのだ。前者には入院中の歌が多く、これはその最初の一首。実際はどうというほどの距離でもないのだろうが、足に力のない病人には廊下の向こうがどこまでも遠く思われたのであろう。病室と外の世界を結ぶ通路がはてもなく長いという感懐に病状が暗示されている。「病院の窓によりつつ、／いろいろの人の／元気に歩くを眺む。」のように外界と病室を繋ぐのは「窓」だった。「病人の目」が眺めていたのは遠い世界であったことがここには歌われている。

お菓子貰ふ時も忘れて、
二階より、
町の往来を眺むる子かな。

『悲しき玩具』（明治四十五年）

子供が夢中になって二階から行き交う人びとを見ている様子を詠んだ歌だが、一首にはその子供を見ている親の姿も入り込んでいよう。『悲しき玩具』にはわが子の姿が多く歌われているが、子供を見ている親の姿がいつも映し出されていた。啄木は「汗に濡れつゝ」に「開放した二階の窓から見下」した通りの様子を細かく書き記したが、飽きることなく窓から往来を観察するのは、なんのことはない、親譲りの行為だったのだ。「書斎の窓から覗いたり、頬杖ついて考へたりするよりも人生といふものはもつと広い」と書いた啄木は病中にあって、わが子が見ている世界の広がりをそっと見守っていたのだろう。

（河野有時）

◉**参考資料**

『石川啄木全集』全八巻　筑摩書房、昭和五十三年〜五十四年
太田登『啄木短歌論考　抒情の軌跡』八木書店、平成三年
国際啄木学会『論集石川啄木Ⅱ』おうふう、平成十六年
河野有時『コレクション日本歌人選35　石川啄木』笠間書院、平成二十四年

●とき　ぜんまろ

土岐善麿

明治十八年六月八日――昭和五十五年四月十五日

号は哀果《あいか》。東京浅草の寺院に生れる。東京府立一中（現在の都立日比谷高校）を経て、明治四十一年早稲田大学英文科卒業。同級に若山牧水・北原白秋がいた。読売新聞社勤務の後、大正七年朝日新聞社に入社し昭和十五年退社。短歌は初め金子薫園の元で学び、後窪田空穂の影響を受ける。『NAKIWARAI』（明四三）を三行書きローマ字表記で出し、石川啄木に影響を与えた。『黄昏《たそがれ》に』（明四五）に啄木への献辞を載せ、啄木死後遺稿集を刊行、雑誌「生活と芸術」（大二～五）を発行して生活派短歌の啓蒙に努め、『不平なく』（大二）『雑音の中』（大五）などを出し、昭和四年末以降一時自由律短歌に転じた。広く社会的活動を行い、著作多数。「読書標」（大一五～）で書評の新生面を開き、日本の古典研究にも精力を費やした。帝国学士院賞を受賞（昭二二）。博士号を取得し、早稲田大学教授。国語審議会会長（昭二四～三六）として戦後の国字国語運動をリードした。

Koko ni miyo,—

Kono Taku no ue,

Hitobito no michitarite sarishi Ato no Utsuwa wo!

『NAKIWARAI』（明治四十三年）

「ここに見よ／この卓の上／人々の満ち足りて去りし跡の器を」。「卓」はテーブル。卓・卓上は当時のモダンな言葉。石川啄木も好んで用いた。片づけの終わらないテーブル上の食器からは、賑やかな食事中の余韻も伝わるが虚しさも漂う。当時、都市部で普及しつつあったレストランでの光景であろう。客のいた時空を正の一面とすれば、その残滓の残る時空は負の一面であり、そこを切り取った作者の視点は批判精神に繋がる。本歌集は、過ぎ去った青春の感傷性を湛えながらも、リアルな現実を観る視点もあわせ持ち、『黄昏に』における生活と社会直視の姿勢に発展する。

働くために生けるにやあらむ、
生くるために働けるにや、
わからなくなれり。

『黄昏に』（明治四十五年）

時代の閉塞感を口語調で卒直にうたう。「非常なる力がほしとおもふかな、／目くらむばかり、／

不平つのれば。」と、内からわき出る社会改革への期待も時代状況を見れば困難であり、生活に追われる日常の中で「あはれ、ひさしく怒《いか》らざるかな、／今日、ひとつ、怒らんとして、／をかしくなれり。」と、自嘲に終わる。こうした生活感は啄木と共有するもので「生活派短歌」と言われる所以である。作者の対社会意識は、諦めから街頭に出て不平を叫ぼうとする積極性に転じ、世の中に漂う、言いたいことも言えない不平の思いを歌に託す方向に向かう。

今こそ髪を断ちたれ、あはれあはれ、われに思ひきる心はありし。　『雑音の中』（大正五年）

人は、従来の生活を一新しようとする時、その決意表明を表すためにしばしば断髪を敢行する。作者も、ある日長髪を断ち切った。「かくてあれば、わが今日をしもあらしめし亡き友の前にひそかにわく涙。」などに象徴されている啄木への敬慕の念に区切りをつけ、歌境を変換するためであった。その結果作者は、雑音に耳を傾けて自由な境地を切りひらき、表記も三行書きから基本的に一行書きに転じた。

一瞬一瞬ひろがる展望の正面から迫る富士の雪の弾力だ　『土岐善麿　新歌集作品1』（昭和八年）

昭和四年十一月二十八日、作者の発案で、前田夕暮、斎藤茂吉、吉植庄亮に作者を加えた四歌人が、立川飛行場から朝日新聞社の百二号機に搭乗して小田原-箱根-丹沢-秩父を、二時間かけて飛行した時の「空中競詠」歌の一首。機上体験は、夕暮の例にも見られるように心身に衝撃的を与えて歌境の変革を促し、作者も「用語音律の自由な流動性」の中に、新生短歌の意義を見出し、以後基本的に口語自由律に転じた。

はじめより憂鬱なる時代に生きたりしかば然かも感ぜずといふ人のわれよりも若き

『近詠　土岐善麿新歌集作品２』（昭和十三年）

続けて「眼の前の事実を歴史のなかにおくことによりてわられが宿命を見極めむとす」とうたう。時代は戦時に突入していた。そうした、もはや平時に戻れない暗鬱の状況下で、作者は、啄木と送ったかつての閉塞した状況と同じものを感得したに違いない。しかし、若い世代にはそれが分からない。「国家の運命も人間の運命もただ勝つよりほかはなき時となりぬ」と、抗えない時代の流れをよむ。明治末から時代を見据えながらも或る距離をおいて歌作を継続してきた歌人の典型が見られる。12×8㎝のこの小さい歌集は、戦地に赴く人に携行されたという。

（佐々木靖章）

◉参考資料

『土岐善麿歌集』光風社書店、昭和四十六年
武川忠一『土岐善麿』桜楓社、昭和五十五年
「土岐善麿追悼特集」「短歌」二十七巻六号、昭和五十五年六月
「土岐善麿追悼特集」「周辺」九巻二号、昭和五十五年十一月

●よしい　いさむ

吉井勇

明治十九年十月八日――昭和三十五年十一月十九日

本名同じ。東京市芝区高輪南町に、吉井伯爵家の後継ぎとして生まれた。明治三十三年、府立一中に入学。四年次に攻玉社中学校に転校。三十八年、早稲田大学高等予科文科に入学（後に中退）。同年、新詩社に入社して、『明星』に作品を発表。四十年に脱退し、翌年北原白秋らと「パンの会」を興した。四十二年、森鷗外監修下に「スバル」創刊。四十三年出版の『酒ほがひ』によって、一躍歌名を高めた。以後、『祇園歌集』『人間経』等の歌集の他、戯曲集、歌物語、小説、随筆等も出版するなど幅広く活躍した。結婚して一子を得たが、故あって離婚し、爵位を返上。やがて土佐隠棲の後、再婚して京都に移り、戦後、宮中歌会始の選者、都をどりの作詞を手がけた。芸術院会員。一気に読み下す勇の詠風は終生変わらなかった。歌壇を超越した歩みを続けた歌人で、その流麗典雅な調べは天性のものである。『吉井勇全集』九巻がある。

夏はきぬ相模の海の南風《なんぷう》にわが瞳燃ゆわがこころ燃ゆ
『酒ほがひ』（明治四十三年）

「夏のおもひで」と題する連作の第一首目に置かれる。夏を迎える若者の心情がよく示されており、人口に膾炙した作品である。「夏は来ぬ」という大胆な初句切れが功を奏した。また、「南風《なんぷう》」の音《おん》の響きと下の句の畳みかけるような口調とが相俟って、快いリズム感を醸し出している。初句切れは、「伊豆も見ゆ伊豆の山火も稀に見ゆ伊豆はも恋し吾妹子のごと」「身に染《し》みぬその夜の海の遠鳴も鷗のこゑも君がなさけも」などにも見られ、勇の手法の一つである。それぞれが第二句以下の内容を期待させるに十分な働きをしている。

わが胸の鼓《つづみ》のひびきたうたらりたうたうたらり酔へば楽しき
『酒ほがひ』（明治四十三年）

「酒ほがひ」という、歌集名と同じ章中に収められている。一首の中心は、「たうたらりたうたうたらり」にある。囃し言葉風なこの語句は「催馬楽《さいばら》などに用いられるが、ここは能楽の三番叟《さんばそう》のそれをふまえたものであろう」（本林勝夫著『近代歌人』桜楓社）という指摘もある。いずれにしても、それらをよくこなして自らの短歌の調べとしたところに、勇の独自性がある。酒に陶然となった心は、さながら鼓となって良い音を発し続けるのである。「な恋ひそ市の巷に酔ひ痴れてたんなたりやときたる男を」という作品もある。

君にちかふ阿蘇のけむりの絶ゆるとも万葉集の歌ほろぶとも
『酒ほがひ』（明治四十三年）

「後の恋」の章にある。勇の万葉ぶりを示す代表歌の一つとして名高い。「夏は来ぬ」と同様、初句切れの力強さが申し分なく発揮されている。愛する人への不変の思いを、阿蘇の煙や万葉集の歌に託し、大胆に表白してためらいがないのである。一般の相聞歌にはなかなか見出し得ない豪快さが、この一首の特色であろう。なお、恋の歌ではないが、幕末の勤王歌人・平野国臣《くにおみ》に「わが胸の燃ゆる思ひにくらぶれば煙はうすし桜島山」という作品がある。それに相通じるところを有しつつ、勇作品は国臣のものよりも構えがないと言えよう。

かにかくに祇園はこひし寐《ぬ》るときも枕の下《した》を水のながるる
『酒ほがひ』（明治四十三年）

勇の歌の中でも、最も世に知られる一首である。これを収めた「祇園冊子」の章は、「夏のおもひで」と共に、『酒ほがひ』の中核をなす。一連は、明治四十三年五月に、初めて祇園に遊んだときの経験を踏まえている。この掲出歌が今も愛誦されるのは、初二句を受ける「寐《ぬ》るときも枕の下《した》を水のながるる」という把握と表現に負うところが大きい。祇園の情調はかくもあらんと、人々が感じ入ったからに相違あるまい。祇園白川畔に建つこの歌碑を囲み、毎年十一月八日に「かにかくに祭」が催されている。他にも「あでやかに君《きみ》が使へる扇《あふぎ》より祇園月夜《ぎをんづきよ》となりにけらしな」「白き手がつと現はれて蠟燭の心《しん》を切るこそ艶《なま》めかしけれ」など、雰囲気豊かな作品が多い。なお、後に出版された『祇園歌集』（大四）に、これらを含めた一連の祇園を歌った作品が収められている。

猪野野なる山の旅籠の夕がれひ酒のさかなに虎杖を煮る

『人間経』（昭和九年）

吉井勇の歌業は『酒ほがひ』一巻に尽きるという評価は、必ずしも正当ではあるまい。『人間経』（昭九）は注目に値する歌集である。家庭生活に破綻をきたした勇は、飄然と旅に出ることが多くなった。やがて、土佐の山奥猪野々《いのの》の里に、草庵「渓鬼荘」を営んで隠棲生活に入る。歌集『人間経』には、相模の中央林間都市に独り侘び住まいしてから、この猪野々生活までの心境が、円熟した技巧をもって歌われるのである。掲出歌は、草庵に入る以前に逗留した鉱泉宿における所産だろう。人里離れた宿の夕餉の様が、ゆったりとした声調で語られる。猪野々の山の大景から一軒の旅籠へ、さらにその夕餉へと焦点を絞り、「酒のさかなに虎杖を煮る」と詠み収めている。そこに座る作者の姿が思い浮かぶようだ。まことに大らかにして味わい深い作品である。

（野地安伯）

◉参考資料

『吉井勇全集』日本図書センター、平成十年
木俣修『吉井勇研究』番町書房、昭和五十三年
『吉井勇追悼特集』「短歌」、昭和三十六年二月

●いとう　さちお

伊藤左千夫

元治元年八月十八日――大正二年七月三十日

本名幸次郎。上総国武射郡殿台村（現、千葉県山武市）で農業を営む父母の四男として誕生。小学校を卒業後、塾で漢詩や漢文を学ぶ。明治十四年に政治家を志して上京、明治法律学校（現、明治大学）に入学するが眼病のため帰郷。農業に従事していたが実業家として自立するため十八年一月に出奔。五カ所の牧場につとめ、二十二年四月から東京市本所区茅場町三丁目十八番地に独立して牛乳搾取業を営む。三十三年に子規を訪問、根岸短歌会に加わり以後子規の説く写生を信奉し、「万葉集」を学んだ。子規没後「馬酔木」（明三六・六）を創刊。写生文にも関心をもち小説「野菊の墓」（明三九・一）等を発表。左千夫と三井甲之の対立離反により蕨真によって「阿羅々木」が創刊され、翌年九月から左千夫宅に発行所が移った。晩年は「ほろびの光」の境地や「叫び」を強調した歌風に辿りついた。

牛飼が歌よむ時に世のなかの新しき歌大いにおこる

『左千夫歌集』（大正九年）

明治三十三年の作で、『左千夫歌集』の巻頭歌。牛飼を業とする自分のような者が歌を詠む時代となってようやく日本の新しい歌が生み出されるようになるのだ、の意。左千夫は明治二十二年四月から東京・本所茅場町で牛乳搾取業を開き、牛を歌材とした作も数多い。「搾りたる乳飲ましむと吾來れば慕ひあがくもあはれ牛の兒」（「アシビ」明三八・四）など。左千夫は明治四十三年八月に大水害にあった時のことを「水害雑録」という文章で「臍も脛も出づるがまゝに隠しもせず……超世的詩人を以て深く任じ、常に万葉集を講じて、日本民族の思想感情に於ける正しき伝統を解得し継承し、依て以て現時の文明に聊か貢献する處あらんと期する身が、この醜態は情ない」と記す。貴族性とは無縁の労働にいそしむ日常の中で〝新しき歌〟の自覚がなされたのである。

元の使者すでに斬られて鎌倉の山のくさ木も鳴りふるひけむ

『左千夫歌集』（大正九年）

鎌倉幕府八代執権北条時宗の時代は元（蒙古）から侵略（元寇）や外交圧力を受けていた。建治元年（一二七五）四月に、元からの使者が送られるが、九月に鎌倉幕府は彼らを鎌倉西郊の龍口で処刑する。この決断は日本全国に元との臨戦体制の状況を生み出し、戦いに備えて鎌倉の山や樹木さえも震れ動くような緊迫感に覆われているというのである。明治三十年五月、子規庵歌会兼題「鎌倉懐古」作中の一首。弘安五（一二八二）年十二月に時宗によって創建された鎌倉の臨済宗円覚寺は、蒙古来襲の際に戦死した敵味方双方の武士の霊を慰める目的だったと伝えられる。

池水は濁りににごり藤なみの影もうつらず雨ふりしきる

『左千夫歌集』（大正九年）

雨は間断なく降りしきり池の水は濁りきって、池のほとりの藤棚に咲きみだれ波のようにゆれている花の影すら映していない、の意。初出は「心の花」第四巻第七号（明三四・七）。左千夫は正岡子規の万葉に立脚した写実主義に学び、子規に心酔した。この歌も子規の「墨汁一滴」中の藤の花から強く影響を受けているとされる。初出の詞書きによると、東京、亀戸天神の藤の花見に友人と行く予定が雨天で中止となりひとりで傘をさして行ったとあり、実景を詠んだ作品であることがわかる。降りしきる雨で濁りきった池水が重苦しい心象風景となっている。昭和二十三年六月十三日に太宰治が山崎富栄と入水自殺の直前にこの歌を書き残していたことでよく知られる。

水害の疲れを病みて夢もただ其の禍の夜の騒ぎ離れず

『左千夫歌集』（大正九年）

初出は「アララギ」第三巻第八号（明四三・一〇）。夢の中でも水害の災禍とその騒ぎばかりが残像として焼きついて離れず、一時もその疲れから逃れることが出来ない、の意。左千夫は乳牛飼育事業を始めて以降、毎年のように水害に悩まされた。特に明治四十三年八月の洪水の被害は甚大で、闇の中で牛二十頭を泥水の中を引いて鉄道線路の高台や回向院の庭へと避難させ、五十日にも及ぶ仮住の生活が続いた。左千夫は「水害実録」（「ホトトギス」第十四巻第二号 明四三・一一）に「疲労の度が過ぐれば却って熟睡を得られない。夜中幾度も目を覚ます。僅な睡眠の中にも必ず夢を見る。夢は悉く雨の音水の騒である」と記している。

今朝の朝の露ひやびやと秋草やすべて幽けき寂滅《ほろび》の光

『左千夫歌集』（大正九年）

大正元年十一月の『アララギ』（第五巻第十一号）に初出。「ほろびの光」五首中の作。左千夫短歌の傑作中の傑作と斎藤茂吉が評した作。今朝の庭の秋草にはひやびやと露がおりしき、冬枯れしていく晩秋の幽やかな光景は静まりかえって物みな寂滅ゆくかのように感じられる、の意。「寂滅の光」は仏教用語で滅亡していく光とか消光してゆく光の表現として用いられている。ほろびの光の中に作者自身の心境が重ね合わされており、寂しさを感じ取る作者の生命力の衰えの心象風景と解釈すべきだろう。

（永岡健右）

◉参考資料

『左千夫全集』全九巻　岩波書店、昭和五十一年〜五十二年
斎藤茂吉『伊藤左千夫』中央公論社、昭和十七年
永塚功『伊藤左千夫研究』桜楓社、昭和五十年
藤岡武雄『生命の叫び・伊藤左千夫』新典社、昭和五十八年

●ながつか　たかし

長塚節

明治十二年四月三日――大正四年二月八日

茨城県結城郡岡田村国生《こっしょう》（現・常総市国生）で質屋なども営む豪農の家に生まれた。幼少時より聡明で、三歳にしてすでに百人一首を暗誦していたという。明治二十九年、神経衰弱のため県立水戸中学を中退、このころより短歌を作り始め、正岡子規の文章に触れて、その論に傾倒するようになった。明治三十三年春、意を決して東京根岸に子規を訪ね、その門下に連なるようになった。子規没後の明治三十六年、「馬酔木」創刊に伊藤左千夫らとともに編集同人として参加、明治四十一年の「馬酔木」廃刊の後は「アララギ」の創刊に加わった。この後しばらくは小説に赴き、代表作『土』（明四三）等を著した。明治四十四年春に婚約をしたが、同年夏より喉頭結核を発症、そのため婚約解消を余儀なくされた。以後、入退院を繰り返すなかで再び数多くの短歌を残した。生前に刊行された歌集はない。

荒庭《あれには》に敷きたる板のかたはらにふる鉢ならび赤き花咲く

「日本」(明治三十三年四月三日)

草取りのされていない庭だが、片隅には板が置かれ、その上に花の鉢が並んでいる。鉢が使い古されたものであることを見れば、主人の花好きが知れる。それなのに庭が荒放題なのは主人に手入れのできない訳があるからであろう。物語性のある一首である。墨絵の中に一点垂らされた紅のような結句が印象的である。この一首は、子規を訪ねた際、その命で即詠した「根岸庵」十首のうちの二首目。一首目は「歌人《うたびと》の竹《たけ》の里人《さとびと》おとなへばやまひの床《とこ》に絵をかきてあり」である。

馬追虫《うまおい》の髭《ひげ》のそよろに来る秋はまなこを閉ぢて想《おも》ひ見るべし

「馬酔木」(明治四十一年一月)

網戸もなく開け放たれた生活をしていた昔の夏は、夜になると灯火を求めてさまざまな虫がやって来た。蛾のように飛び回る虫はうるさいばかりだが、ふと障子に目をやると、いつ入って来たのか、馬追虫が長い触覚をかすかに揺らしつつ静かに止まっていたりしたものである。この一、二句は、そのような生活感覚を踏まえつつ、実景としてではなく、三句目の「秋」を引き出すための序詞としているところが実に巧みである。「想《おも》ひ見るべし」は「物思いにふけるのがよろしい。そうしたいものである」の意。節の天稟たる繊細で澄明な感覚のよく現れた一首としてよく知られている。

知らなくてありなむものを一夜《ひとよ》ゆゑ心はいまは昨日《きのふ》にも似ず

「アララギ」（明治四十五年二月）

節は、前年の十一月に喉頭結核に罹患していることが判明、放置すれば余命一年との診断を受けた。その衝撃を詠んだ一連中の一首。歌意は、知らないでいられたならどんなによかったことであろうに、心はたった一晩のうちに昨日までとは全く異なったものになってしまった。まだ三十三歳の若さである。婚約もなって人生これからという矢先の宣告、絶望の深さはいかばかりか。「なむ」は完了の助動詞「ぬ」の未然形に推量の助動詞「む」が接続したもので、「…した方がよい」の意を表す。またここにおける「ゆゑ」は、理由ではなく、「…であるのに」を表す表現である。

白埴《しらはに》の瓶《かめ》こそよけれ霧ながら朝はつめたき水くみにけり

「アララギ」（大正三年五月）

この白い瓶は実に良い瓶であるなあ、朝霧もろとも冷たい水を汲んだことであったよ、の意。「白《しら》埴《はに》」の語感から想像されるイメージは、柔らかな白い光を湛えたふくよかな形の瓶である。清純な若い女性への憧れをどこか感じさせる作品である。詞書によれば、この歌は、アララギの同人で、著名な日本画家でもあった平福百穂《ひらふくひゃくすい》の秋海棠の絵の賛として詠まれたものというが、元の絵から抜け出して独自の美の世界を創出しており、その手腕は見事というしかない。節一代の傑作とされる歌である。

垂乳根《たらちね》の母が釣りたる青蚊帳《あおがや》をすがしといねつたるみたれども

「アララギ」（大正三年七月）

入院生活に飽きて帰宅した節のために、母が蚊帳を吊ってくれた。せっかくの蚊帳だったが、見事に弛んでいる。蚊帳を吊るには、蚊帳に付いている吊り手を鴨居等に引っかける必要があるのだが、やり方がまずいと蚊帳が弛んでしまうのである。当時のことであるから、節の母はもう腰が伸びなくなっており、思うように手が届かなかったのかもしれない。それでも節には母の心遣いが心よりありがたかった。そして「ああ、気持ちがいい」とその中に横になったのである。「垂乳根《たらちね》の」は母に掛かる枕詞で、通常は特別な意味を持たないが、ここでは節の母寄せる思いの深さを感じさせる上で効果的に働いている。

（松田愼也）

◉参考資料

『長塚節全集』全八巻・別巻一　春陽堂書店、昭和五十一～五十三年

梶木剛『長塚節――自然の味解と光茫』芹沢出版、昭和五十五年

藤沢周平『白き瓶――小説長塚節』文芸春秋、昭和六十三年

●しまき　あかひこ

島木赤彦

明治九年十二月十七日――大正十五年（昭和元年）三月二十七日

本名、塚原俊彦。長野県諏訪郡上諏訪町（現在の諏訪市）に生まれた。二十二歳の時に下諏訪町の久保田政信の養嗣子となり、政信の長女うたと結婚する。明治三十一年長野尋常師範学校を卒業し、以後、長野県内の小学校の訓導、校長等を歴任、明治四十五年諏訪郡視学となる。明治三十六年には友人らと『比牟呂《ひむろ》』を創刊、本格的な歌人活動を展開する。三十八年には太田水穂との合著『山上湖上』を刊行、さらに明治四十一年創刊された『アララギ』に拠る。その後、中村憲吉との合著『馬鈴薯の花』（大二）『切火《きりび》』（大四）『氷魚《ひお》』（大九）『太虚集《たいきょ》』（大一三）『柹蔭集《しいん》』（大一五）とその写実主義歌風を深化させ、沈潜した人生の寂寥相の形象化へと歌境を拓いてゆく。赤彦は大正三年に諏訪郡視学を退職し、単身上京して『アララギ』の編集にあたった。以後、『アララギ』を牽引し、『アララギ』の発展へと導いてゆく。大正十五年三月二十七日、胃癌を病み、逝去。

夕焼空焦げきはまれる下にして氷らんとする湖の静けさ

『切火』（大正四年）

大正三年二月の『アララギ』掲載の作で、当時はゴッホ、ゴーギャンなど西洋の後期印象派絵画が日本に紹介され、大きな反響を呼んでいた。上の句にその痕跡が見られるようである。太陽光を積極的に取り入れ、そこに生命の燃焼のモチーフを込める画風の影響が認められるが、そうした強烈な色彩感と対置させた下の句の静的描写には赤彦歌風をつらぬく本来の静謐がたたえられている。「氷らんとする」湖は赤彦の郷里の諏訪湖である。この歌は赤彦が郡視学を辞して上京しようとする直前に詠まれ、郷里の湖を前に人生の転機を見つめようとする心のうねりがあったろうと思われる。それが「焦《こ》げきはまれる」の措辞に影を落としているようにも想像される。

椿の蔭をんな音なく来りけり白き布団を乾《ほ》しにけるかも

『切火』（大正四年）

大正三年作「八丈島」の一連中の作。赤彦はこの年の春、単身上京して『アララギ』の編集にあたっている。そして十月には八丈島へ渡った。この八丈島行は、後期印象派のゴーギャンのタヒチ行に触発されているところがあろうが、そこにはまた当時の赤彦の恋愛問題に苦しむ心象が反映していたともいわれる。一首はゴーギャンの芸術と連関する南方指向に特色がある。ゆったりとした調べに乗せながら、南方の島の暮らしの風景が点描されている。椿と白き布団の色彩感の対比、椿の陰を女がひそやかに歩いてくるという艶なる雰囲気をただよわせる上の句から、「白き布団を乾《ほ》しにけるかも」と息太く写しとる万葉調の調べに一首の魅力がある。こうした、上の句の叙事から結句を「けるかも」で終わる一首の詠法は、当時アララギ派歌人にとどまらず広く散見される手法である。

雪ふかき街に日照ればきはやかに店ぬち暗くこもる人見ゆ

『氷魚』（大正九年）

大正七年作「善光寺　其二」より。『氷魚』は『切火』時代の歌風の振幅を経て、赤彦のめざす写生が確立してきた時代の歌集である。大正六年十二月十八日に亡くなった長男政彦の七七忌にあたり、赤彦は善光寺へ位牌を納めにおもむき、その際に嘱目詠として詠んだのが掲出歌である。「店ぬち暗くこもる人」の描写には静かに悲しみに耐える心が象徴されているであろう。歌人赤彦は情景の写生に徹しながら、その写生の内に深い哀切の思いを込めたのである。なお一連中には「雪あれの風にかじけたる手を入るる懐のなかに木の位牌あり」という人生の悲傷を実感させる作もある。

みづうみの氷は解けてなほ寒し三日月の影波にうつろふ

『太虚集』（大正十三年）

「諏訪湖畔」の詞書をもつ一首。『アララギ』大正十三年四月号に出詠した作だが、同じく四月には赤彦の代表的歌論書とも言うべき『歌道小見』を上梓しており、歌論・実作ともに充実期を迎えた赤彦の歌境が見られる歌であろう。諏訪の湖の氷も解けてきたが、なお湖面をわたる風は寒い。そんな縹渺たる湖上の波に、折りから三日月の光がかそかな揺れを伴いながら映っている。厳しい鍛錬道を唱えて幽寂の境地に澄み入らんした赤彦短歌において、和歌の象徴美を究めた一首である。

信濃路《しなのぢ》はいつ春にならん夕づく日入りてしまらく黄なる空のいろ　『柹蔭集』（大正十五年）

この歌を収めた一連には、「二月十三日帰国昼夜痛みて呻吟す。肉痩せに痩せ骨たちにたつ」と記した詞書があり、赤彦最晩年の境涯が胸をうつ。人生の終焉に臨んで郷里入りした赤彦にとって、このときうたわれた信濃路の春は、郷里の長い冬ごもりからの解放であるとともに、赤彦の苛酷な病苦からの解放をも重ね合わせていたことであろう。夕空の黄はものやわらかな調べのうちに永遠の静謐を思わせ、赤彦の心象をも照らす清澄な優しさを秘めていたのである。

（山田吉郎）

◉参考資料

『赤彦全集』増補再版、全九巻・別巻一、岩波書店、昭和四十四～四十五年
「特集・島木赤彦」『解釈』解釈学会、昭和五十九年五月
宮川康雄『島木赤彦論』おうふう、平成十九年
神田重幸『島木赤彦論』渓声出版、平成二十三年

●さいとう　もきち

斎藤茂吉

明治十五年五月十四日——昭和二十八年二月二十五日

山形県南村山郡金瓶《かなかめ》村（現在の上山市金瓶）の農業守谷家に生まれた。上山の小学校に学んだのち、上京し医院を開いていた親戚の斎藤紀一方に寄寓（後、二女てる子と結婚）して、東京帝国大学医科大学医学科を卒業した。明治四十一年伊藤左千夫に従って「アララギ」創刊に参加。以後同誌の編集を担当し活動した。大正二年に第一歌集『赤光』を刊行し、その強烈な人間感情の表白によって注目された。実相に観入して自然、自己一元の生を写すという「実相観入」の歌論は歌壇に大きな影響を与えた。戦争末期に郷里金瓶に疎開し、戦後は大石田町に移った。昭和二十二年帰京したが、同二十八年に心臓喘息により死去した。享年七十。歌集は『赤光』から遺歌集『つきかげ』まで十七冊、歌書は『童馬漫語』『柿本人麿』など多数。全集は『斎藤茂吉全集』全五十六巻がある。

赤茄子《あかなす》の腐れてゐたるところより幾程《いくほど》もなき歩みなりけり

『赤光』（大正二年）

畑道を歩き、トマトが落ちて腐っているのを見てある写象が頭をよぎったのだが、それはそこからどれほども歩いていない所だった、という意。腐ったトマトからどのような写象が生まれたのかを探る手掛かりは歌の中にはない。茂吉は『作歌四十年』で、「その写象は何であつても、読者はそれを根掘り葉掘り追求するに及ばぬ底の境界である。」と述べている。事実や過程に関わらない微かな心理の動きをとらえた斬新な手法として注目された歌である。

一連には「紅蕈《べにたけ》の雨にぬれゆくあはれさを人に知らえず見つつ来にけり」という歌も見える。きちがい茄子とも言われたトマトや紅蕈の強烈な赤への関心には茂吉の疲労感・倦怠感がうかがわれる。

ゴオガンの自画像みればみちのくに山蚕《やまこ》殺ししその日おもほゆ

『赤光』（大正二年）

ゴオガンの自画像を見ていると、少年時代に野生の蚕を殺した日のことが思われる、という意。ゴオガンの自画像から故郷で山蚕を殺す場面へと連想は驚くほど意外な展開を見せている。茂吉ははやく西洋印象派の画家たちに関心を持っていたが、それが鮮明に表れた歌といえる。晩年を自然豊かなタヒチで送ったゴオガンに対する共感が東北の自然に育まれた茂吉にはあったのだろう。

「自画像」は、大正元年十二月の雑誌「白樺」に載ったゴオガンの自画像だという指摘がある。しかし、故郷で山蚕を殺す場面を蘇らせたものは、その自画像の何であったのか。自画像にただよう殺気か、背景に描かれた蚕にも似た裸像に触発されたものか。この飛躍もまた茂吉の歌の魅力なのである。

のど赤き玄鳥《つばくらめ》ふたつ屋梁《はり》にゐて足乳根の母は死にたまふなり　『赤光』（大正二年）

絶唱「死にたまふ母」一連五十九首の中の一首。実母の守谷いくは、大正二年五月二十三日に亡くなった。この一連の歌は、その深い抒情と連作の形式によって、第一歌集『赤光』の評価を高めた存在である。茂吉は「この一首は、何か宗教的なにほひがして捨てがたいところがある。」（『作歌四十年』）と述べているが、この歌の次には、「いのちある人あつまりて我が母のいのち死行《しゆ》くを見たり死行くを」とあり、母を囲む人々は屋梁にいる二匹のつばめを含めてまさに涅槃図を構成しているのである。

「のど赤き」という生々しい生命感のある表現は、母の死の場面の印象を一層強めるものとなっている。結句の断定には深い悲しみがこもる。

めん鶏《どり》ら砂あび居《ゐ》たれひつそりと剃刀研人《かみそりとぎ》は過ぎ行きにけり　『赤光』（大正二年）

「七月二十三日」と題された五首の中の一首。めん鶏らが砂を浴びている夏の盛りを、剃刀研ぎが声をあげて近づいてきたのだが、私の家の前は黙つて通り過ぎてしまつた、という意。上二句のめん鳥らのようすと三句以下の剃刀研ぎの動きは何の関係もないのだが、第三句の「ひつそりと」は、「剃刀研人」を修飾しつつ「めん鶏ら」の上にも及んでいると感じられる。さらに第二句の「砂あび居たれ」という已然形で言い放つ方法によって二つの情景が結びつき、一首に真夏の日中の静寂さ、さらに言えば不穏な空気を感じさせるまでになっている。

「鳳仙花城《しろ》あとに散り散りたまる夕《ゆふ》かたまけて忍び逢ひたれ」など『赤光』には已然形止めを用いて詠嘆性を強める歌が少なくない。

たたかひは上海《しやんはい》に起り居《ゐ》たりけり鳳仙花紅《あか》く散りゐたりけり　『赤光』（大正二年）

同じく「七月二十三日」と題された歌。「たたかひ」は、大正二年七月の上海での第二革命―反袁世凱軍事行動で、それと地面に散っている赤い鳳仙花という関わりのないものを「…居たりけり…ゐたりけり」と端的に対置して、説明しがたいある切迫した気分を作り出しているのである。方法としては、前の「めん鳥ら」の歌と同様であることがわかる。

茂吉は、「『分からぬ歌』の標本として後年に至るまで歌壇の材料になつたものである。」（『作歌四十年』）と言っていて、素直にそのまま読まれないことを嘆いてもいる。読者は対置された上句と下句から自ずと不穏な空気を感じとろうか。意識された斬新な歌への挑戦がなされているのである。

あかあかと一本《いっぽん》の道《みち》とほりたりたまきはる我《わ》が命《いのち》なりけり

『あらたま』（大正十年）

秋の初めの代々木の原の光景を詠んだ歌である。その原を一本の道が夕日に照りながら遠くまで続いていていて、それは自分の生きていく生命の道に他ならないのだ、という意。三句と結句で言い切り調べが冴えて気持がこもった歌である。「たまきはる」は「命」にかかる枕詞で、万葉集に見られるが、ここでは装飾的なものにとどまらず、この歌の強く澄んだ調べを支えるものである。「命《いのち》なりけり」は、古今集巻十の西行の歌、「年たけてまた越ゆべしと思ひきや命なりけりさ夜のなかやま」に見えるが、茂吉の歌は一命をなげかけた状態のものであり、また結句に置いたことでも西行の歌とは異なる。母と師伊藤左千夫の死、生活上の悩みが踏まえられた歌と見ればその一途な思いが一層強く伝わってくる。

朝《あさ》あけて船《ふね》より鳴《な》れる太笛《ふとふえ》のこだまはながし竝《な》みよろふ山《やま》

『あらたま』（大正十年）

朝が明けて港に停泊中の船から鳴り出す太々とした汽笛が港を囲むようにしている山並に長く反響していく、という意。大正六年十二月、茂吉は長崎医専教授・県立長崎病院精神科部長の職に就き単身長崎に赴任した。四句まで強い調べによって汽笛の響きを伝え、結句で視覚的にとらえ直した。「竝みよろふ」は、万葉集の「とりよろふ」から導かれたもので、「よろふ」は「鎧《よろ》（甲）ふ」で、具足する意味である。朝明けの力強い山脈のようすがとらえられていて、茂吉が新造語として自信を持っていたものであり、実景を写すと同時に汽笛のこだまを増幅して彼方へ導く動体としての存在感を感じさせる。「長崎へ」と題された十二首の最後に置かれた一首で、茂吉の歌の到達点を示すものである。

陸奥《みちのく》をふたわけざまに聳《そび》えたまふ蔵王《ざわう》の山《やま》の雲の中に立つ

『白桃』（昭和十七年）

「蔵王山上歌碑」と題された歌で、この歌碑は昭和九年八月二十九日に建てられた。東北の宮城と山形を二つに分けるように聳える蔵王の山の雲の中に私は立っている、という意。雄渾な万葉調の表現であり、まさに山頂に立ってその神聖さと一体化した茂吉の実感によってなされたものであろう。第二句の「ふたわけざまに」が大きく強く蔵王山の存在を押し出しており、第三句の「聳えたまふ」は、蔵王山の麓に生まれ育った茂吉の敬虔な態度によるものである。

結句の「雲の中に立つ」の主語については、作者説・歌碑説・作者歌碑一体説・蔵王山説などがあるが、蔵王という霊山に抱かれた作者の高揚感を認めれば、作者茂吉が「立つ」と考えるのが妥当であろう。

沈黙《ちんもく》のわれに見よとぞ百房《ひやくふさ》の黒き葡萄《ぶだう》に雨ふりそそぐ

『小園』（昭和二十四年）

敗戦によって打ちひしがれ言葉を失った私に、自然の力を見て心を奮い立たせよ、とたくさんの黒く充実した葡萄に雨が降り注いでいる、という意。「沈黙」はこの時期の日記や歌に見えるが、『小園』の「後書」にも「私は別に大切な為事もないのでよく出歩いた。山に行つては沈黙し、川のほとりに行つては沈黙し」と記している。戦争に関わる歌を多く詠んできた茂吉にとって、敗戦の衝撃から立ち直るのには長く苦しい沈黙が必要だったのである。「われに見よ」と命じたのは「雨」であり、さらには国破れてのちの変わらぬ自然であろう。「百房」は、無数・無限の意味で、「百房の黒き葡萄」は豊かな自然の象徴なのである。「雨ふりそそぐ」も、秋の雨でありながら、敗戦後の人の心を励ます自然の力を暗示していよう。

最上川逆白波《さかしらなみ》のたつまでにふぶくゆふべとなりにけるかも

『白き山』（昭和二十四年）

第十六歌集『白き山』には、敗戦の傷心から立ち直り、自然の凝視と作歌への意欲を強めていく茂吉の姿勢がうかがわれる。最上川は吹きつのる北西風によって、一面に真白い逆波が立つまでに雪が激しく降る夕方になったことだ、という意。初句切れによって最上川への思いが凝縮される。『白き山』の中で「最上川」を初句におく歌だけでも二十七首にのぼり、茂吉の最上川への思いの強さがうかがわれる。

「逆白波」は、茂吉の新造語であるが、先の歌集『ともしび』の中に、「東風《ひがしかぜ》ふきつのりつつ今日一日最上川に白き逆波たつも」が見える。しかし、「逆白波」の用語を得て掲出歌の確かな把握力と緊迫した調べは、茂吉のより高い歌の境地を示していよう。結句の「なりにけるかも」という万葉調の表現も堂々として揺るぎのない一首の調べを支えている。

（中根誠）

◉参考資料

『斎藤茂吉全集』　全五十六巻　岩波書店、昭和二十七年～三十二年

佐藤佐太郎『茂吉秀歌』上下、岩波書店、昭和五十三年

藤岡武雄『評伝斎藤茂吉』桜楓社、昭和四十七年

●なかむら　けんきち

中村憲吉

明治二十二年一月二十五日――昭和九年五月五日

本名同じ。広島県双見郡布野《ふたみふの》村に、酒造業を営む旧家の次男として生まれた。県立三次《みよし》中学校、第七高等学校を卒業し、東京帝国大学法科大学経済科に入学。高等学校在学中に、堀内卓造、橋田東声らと相知る。特に堀内の勧めにより、万葉集、正岡子規、伊藤左千夫の歌風を学び、作歌を始めた。明治四十二年、左千夫に入門し、「アララギ」気鋭の新人として、斎藤茂吉、古泉千樫、島木赤彦、土屋文明らと活躍した。赤彦との合著『馬鈴薯の花』（大二）を経て、『林泉集』（大五）により、歌人としての地歩を固めた。大阪毎日新聞経済部記者生活の間に『しがらみ』（大一三）を出版した。昭和元年、同社を退社、帰郷して父の家業を継いだ。やがて胸部疾患により、各地への転地療養に努めたが、四十六歳（数え年）にして亡くなった。憲吉の作風は、赤彦や茂吉とは趣を異にする潤いと気品とに満ちている。『中村憲吉全集』四巻がある。

篠懸樹《ぷらたぬす》かげ行く女《こ》らが眼蓋《まなぶた》に血しほいろさし夏さりにけり

『林泉集』（大正五年）

大正三年の作品。「篠懸樹のかげ」と題する五首の冒頭に置かれる。憲吉の代表作の一つである。第二句は初版で「かげを行く女《こ》が」となっていたが、改版で「かげ行く女《こ》らが」と改められた。全集も右の表記になっており、それに従った。プラタナスは明治の後期あたりから街路樹として植えられたというが、その並木路は作歌当時の都会の新鮮な景物の一つであったろう。緑が色増した木陰を、若い女性たちがいかにも軽やかに歩いてくる。その瞼のあたりがほんのりと紅潮しているように見える。そこに夏の到来を感じ取ったのである。把握・観察がこまやかで、新鮮な味わいをもたらしている。第四句で小休止し、大きく言い据える結句へと移行していく表現の仕方には、いささかの無理もない。

岩かげの光る潮より風は吹き幽《かす》かに聞けば新妻《にひづま》のこゑ

（同右）

大正五年の作品。「磯の光」五部作の第一章「岩かげ」に収められている。前年、憲吉は東京帝国大学を卒業。十一月に帰郷して結婚した。二十七歳である。翌五年一月、新妻の実家を妻と母と共に訪れた。掲出歌は、披露の式の後で、近くの鞆の浦に案内された折の所産である。岩かげから、風に乗って新妻の声が聞こえる。それは母に語りかける声であった。この作の前に置かれる「わたつ海《み》の後《うしろ》の岩のかげにして妻に言《の》らせる母のこゑすも」を併せ読むと、母と妻とがいかにも仲睦まじく語り合っている様が想像できる。声のみによってその雰囲気を伝える手法に注目する。この新婚詠「磯の光」は、『林泉集』中の傑作として評価されている。

朝《あさ》ゆふの息《いき》こそ見《み》ゆれもの言《い》ひて人《ひと》にしたしき冬《ふゆ》ちかづくも

『しがらみ』（大正十三年）

大正七年の作品。「霧」一連八首の冒頭に置かれる。大正五年一月に東京で新生活を始めた憲吉は、早くもその十月には、家業を継ぐために帰郷せざるを得なかった。歌集『しがらみ』の作品の多くを、郷里での日常生活詠、自然詠が占めている。連作「霧」では、村里の霧が様々な場面において描写されているが、この一首のみを単独のものとして味わうことも、十分に可能である。係り結びによる二句切れが効果的で、目に見えて寒さを増した印象が鮮明である。中心は「もの言ひて人にしたしき」という措辞だろう。そこに村人への親しみの念と、共に冬を迎えるのだという感情もこめられている。

日《ひ》の暮《く》れの雨《あめ》ふかくなりし比叡寺《ひえいでら》四方《よも》結界《けつかい》に鐘《かね》を鳴《な》らさぬ

『しがらみ』（大正十三年）

大正十年の作品。大連作「比叡山」六十一首中の第三章「雨山暮情」の冒頭に置かれる。この連作は、憲吉短歌の高い完成度を示す力作として評価されている。掲出歌はその中でも名高い。伝教大師千百年の法会に参じる画家・平福百穂に誘われて、三月十一日、比叡山に登ったのである。この掲出歌は、情景に呼応した荘重な調べを伴う名作である。早春の山に寒く深々と降る雨の中、寺は昔からの掟を守って鐘を鳴らさない。「結界」とは仏道修行に障害のないように定められた地域のことで、「四方結界」は作者の造語とも見られている。結句の連体形止めが十分な余情をもたらしている。

春さむき梅の疎林《そりん》をゆく鶴のたかくあゆみて枝をくぐらず

『軽雷集』（昭和六年）

昭和三年の作品。「梅林の鶴」七首中の一首で、「岡山後楽園所見」という詞書がある。春浅い名園を悠々と歩む鶴の姿が活写されている。憲吉は『中村憲吉集』（改造社版「現代短歌全集」）巻末記において、「私の歌の道程は、固疾の『拙』から脱却するに努力した道程であつて、いはゆる『拙修』の道を不才の私は踏んで来たのである」と語る。それについて斎藤茂吉は、「拙修といはうより飽くことなき執拗な実相写生の結果に他ならぬものであつた」と説く（『中村憲吉歌集』解説）。作中の「高くあゆみて枝をくぐらず」には、そうした憲吉の作歌態度の成果が集約されている。凡手の及ばぬ氣品ある一首である。

（野地安伯）

◉参考資料

『中村憲吉歌集』岩波書店、平成元年
山根巴『中村憲吉の研究』笠間書院、昭和五十二年
吉田漱『中村憲吉論考』六法出版社、平成二年

●しゃく　ちょうくう

釈迢空

明治二十年二月十一日――昭和二十八年九月三日

本名折口信夫。大阪府西成郡木津村（現在大阪市浪速区鷗町）に生まれた。家は生薬屋と医業を営む。姉、三人の兄、後に双子の弟が生まれる。明治四十三年國學院大學国文科卒業。帰郷し今宮中学校の教師となるが、大正三年再上京し学者としての道を歩く。短歌は中学生の頃から熱心に作り、明治四十二年はじめて子規庵の歌会に出席。後アララギに入会、大正六年に選者となるが、十年に退会。その後、民俗学者として地方の民俗行事や祭を探訪し人々の暮らしを見つめる中での感慨やそこに溶解しきれない近代人の孤独感がない交ぜとなった独特の迢空歌風を確立した。十三年白秋らの創刊した「日光」に参加。十四年処女歌集『海やまのあひだ』出版。『倭をぐな』など歌集は五冊。詩集『古代感愛集』など三冊、小説『死者の書』など。また民俗学者、国文学者として一家を成し、『折口信夫全集』全三十三巻がある。

葛の花　踏みしだかれて、色あたらし。この山道を行きし人あり　『海やまのあひだ』（大正十四年）

山道を歩いていると葛の花が踏みあらされて、花の色が土ににじんでいるのがまだ新しい。誰もいないと思ったこの山道を、自分より少し前に通った人がいるのだ——、という歌意。それにしても踏みにじられた葛の花の赤紫の色が鮮烈に目に浮かぶ。「踏みしだく」の表現からは美しく、か弱いものを痛めつけるような嗜虐性が感じられて「色あたらし」の効果を一層あげている。また迢空独特の句読点を入れた表記法、特に三句目の句点が利いている。ただ、葛は生命力が強く蔓をぐんぐん延ばして忽ち山道や薮を覆うので、山道に這い出している葛の蔓先を折るのは後に通る人のためでもある。大正十年壱岐の島の旅で得た題材といわれる。迢空の歌のなかでもよく知られた歌である。

人も　馬も　道ゆきつかれ死にゝけり。旅寝かさなるほどの　かそけさ　『海やまのあひだ』（大正十四年）

「供養塔」一連五首の第一首目の歌である。この連作には次の詞書がついている。「数多い馬塚の中に、ま新しい馬頭観音の石塔婆の立ってゐるのは、あはれである。又殆、峠毎に、旅死《ジ》にの墓がある。中には、業病の姿を家から隠して、死ぬるまでの旅に出た人のなどもある。」と。これで上の句の様子がわかる。人も馬も長い旅の道に疲れてこんなにも沢山死んでいるのだ。その墓や塚を見ていると「これ程深く、いと遙かなものを心に感受するのは、長い旅寝を重ねる間の極度な心しづまりによるものであらう。」(自歌自註)という歌意になる。上の句から下の句への繋がりに「自歌自註」がないとやや分かりにくいが、詞書や自歌自註をはずしても一首からは何ともいえないさびしさが感じられる。そしてこの「さびしさ」が人の心を捉えて離さない迢空の歌の魅力でもある。

ながき夜の　ねむりの後も、なほ夜なる　月おし照れり。河原菅原　『海やまのあひだ』(大正十四年)

長い長い夜を眠った後もまだ夜が続いているような、そんな深夜を月だけがすべての物を皓々と照らしている、この河原や菅原を、という歌意。総ての物が寝静まった深夜の、月だけが照っている河原の情景がうかんでくる。連作「夜」十三首の一首目で一連の序になる歌である。これにも詞書があり、下伊那の奥、矢矧川の峡野に海という在所があり、そこにすむ狂った老人は河原に石をならべその石に仏を観じるという内容である。そして一連はその老人の心情に添うように展開される。月だけが照っている深夜の、いかにも仏が出現しそうな深閑とした雰囲気をもつ歌である。

水底《ミナソコ》に、うつそみの面わ　沈透《シヅ》き見ゆ。来む世も、我の　寂しくあらむ　『海やまのあひだ』(大正十四年)

水の底に現実の自分の顔が映り透き通って見える。その顔はなんと寂しい表情をしているのだろう。来世もきっと自分は寂しいであろう、という歌意。やはり連作「夜」の十一首目の歌である。狂った老人が石に仏を観想する歌の後に、現実の我(作者自身)にたち返った場面がこの歌である。仏に救いを見いだせない我、現世もそうなら来世もまた救われないであろう寂しさを自分の顔に見ている。絶対的な孤独感と言えばよいであろうか。月夜の幻想的な場面から、幻想的であるゆえに、普段は見えない本当の自分の姿をありありと透かし見ているのである。

桜の花ちりぐ〵にしも
わかれ行く　遠きひとり
と　君もなりなむ

『春のことぶれ』（昭和五年）

「卒業する人々に」という題がある。桜の花が花びらひとつひとつに分かれ散っていくように、ここに集い学んだ君達も卒業して別れ別れになり、やがて遠い人と君もなってゆくでしょう、という歌意。桜の花が散るはなやかさに卒業の祝意と別れの寂しさが籠もり、卒業する教え子ひとりひとりに呼びかけるような暖かさと愛惜の情がある。

「親は他国に　子は島原に、桜ばなかやちりぐ〵に」という、江戸初期の小唄を元歌にして、幾分それよりは放恣な処を取り去っていると、迢空は「自歌自註」で述べている。

この歌集『春のことぶれ』は三行または四、五行に分かち書きされているのが特徴。この歌は分かち書きが効果的で、柔らかく優しい感じが視覚的にも出ている。

気多の村
若葉くろずむ時に来て、
遠海原の　音を
聴きをり

『春のことぶれ』（昭和五年）

気多の村は能登の国の一の宮、気多大社のある村。現在の石川県羽咋市。気多の村に若葉が生い茂り黒ずんで見える初夏の頃に来て、遠く海原から聞こえる波の音を聴いていることだ、という歌意。作者は昭和二年六月に國學院大學の学生達を連れて此処にはじめておとずれた。能登地方の民俗採訪の為である。この浜に初めて来た遠い遠い祖先を思いやりそこからはじまった人々の暮らしをはるかに思う、「遠海原の　音を　聴きをり」にはそんな作者の気持が籠められている。この時学生の藤井春洋の家をはじめて訪れた。春洋は翌年迢空と同居して弟子として仕え、後に養子となり、迢空の後半生に多大の影響を与えた。気多大社にこの歌の歌碑がある。

生きて我還らざらむと、うたひつゝ、兵を送りて　家に入りたり

『遠やまひこ』（昭和二十三年）

生きて我は還りはしないだろう（国のために命を投げだして戦う）と歌いながら、出征する兵士を見送って家に入った、という歌意。昭和十二年日支事変が起こり、若者達が次々に戦地に出て行っ

た。出征する若者をおくる壮行会が町の方々で行われ、作者も近所の若者を見送ったのだ。「生きて我還らざらむ」は軍歌の一節である。出征する兵を思えばそんな歌を他人事のように歌いながら送り出す自分がなんともやりきれない思いであっただろう。「家に入りたり」の素っ気なさが作者の気持の重さを表している。まして迢空は大学教授、教え子はみな出征する若者。同居する春洋もいずれ出征する可能性がある立場なのだ。歌集は戦後に出ているが、この歌は昭和十二年作である。

あなかしこ　やまとをぐなやー。国遠く行きてかへらず　なりましにけり『倭をぐな』(昭和三十年)

「あな」はああという感嘆詞、「かしこ」は畏れ多いという意味。「をぐな」は童男と書き男の子の意味。ああなんと畏れ多いことであろう、日本の若者たちよ、この国を出て遠く行ったまま還らぬことにおなりになりました、と言う歌意。日本武尊の故事を下敷にした連作「やまとをぐな」十一首の一首目の歌である。一連のなかではこの「をぐな」は日本武尊を指すが、故事に擬え、古語でカモフラージュしながら、国のために戦い命を次々と落としてゆく当時の若者達を作者は想定している。春洋がすでに出征した昭和十八年五月の作。

連作を外して読めば、この大戦で国のために戦い、命をおとした若者総てへの限りない敬意と愛惜の籠もった挽歌である。「あなかしこ」「なりましにけり」の敬語にそれは表れている。

愚痴蒙昧の民として　我を哭かしめよ。あまりに惨《ムゴ》く　死にしわが子ぞ　『倭をぐな』（昭和三十年）

理非の区別がつかなず知識もない愚かな者として、思い切りわたしを哭かせてほしい。あまりにも無惨に死んだのですよ、私の大事な息子は、という歌意。作者は博い学識と深い思索をする当代きっての知識人。その対極の者として「愚痴蒙昧」という語を使う。知識や道理などどうでもよい、ただただ子を思う愚かな親として精一杯哭いてやりたいのだ。それは子のためであり、死なせた者への抗議の思いでもある。下の句の口調にその気持が流れている。作者の養子、春洋は硫黄島で戦死。戦後の作者の歌は春洋を失った悲しみとその挽歌で埋まっている。

基督の　真はだかにして血の肌《ハダヘ》　見つ、わらへり。雪の中より　『倭をぐな』（昭和三十年）

基督の衣をまとわないはだかの血を流している肌、おそらく十字架に架かった姿であろうか、それを見てわらった、雪の中から、という歌意。と書いても何の事かといわれそうである。敗戦後、進駐軍の影響で急速に西洋文化が流入。クリスマスに大騒ぎするようになったのもそれ。作者は雪の道の通りがかりにクリスマスの飾りをした基督像を窓越しに見たのであろう。そしてわらった。日本の中に無遠慮に入ってくる西洋文化をか、無自覚に受け容れる日本人をか。戦死した子を悲しみ、学問の課題に苦しむ自分こそ血を流しているという思いでわらったのか。このわらいはどれと言い難いが、

「血の肌《ハダヘ》見つ、わらへり」が複雑で不気味なものを感じさせる。

何ごともなかりしごとく　朝さめて溲瓶の水を　くつがへしたり

『倭をぐな』（昭和三十年）

老人はトイレが近くなる。わざわざトイレまで行かずに済むように、夜、寝床の傍に溲瓶をおいておく。溲瓶はその用を足すための瓶。「何ごともなかりしごとく」とは、つまり何ごとかあった、という事。なかなか眠れず何度も寝返りを打ち、溲瓶を使い、また不穏な夢にうなされたか、寝苦しい夜を過ごした。夜が明けると何ごともなかったような静かな朝がきている。寝苦しい夜を経た後の、この静かな朝を迎えた違和感が、初二句と、後の字アケに籠っている。いつものように起き、傍の溲瓶につまずいて、瓶を倒してしまった。

自己の行為を淡淡と述べる下句に、年老いた者の言いがたい侘しさと深い孤独感がにじんでいる。

（沢口芙美）

●参考資料

『折口信夫全集』全三十二巻　中央公論社、昭和四十年〜四十三年
岡野弘彦『折口信夫伝』中央公論社、平成十二年
富岡多惠子『釋迢空ノート』岩波書店、平成十二年
安藤礼二『光の曼陀羅』講談社、平成二十年

●おかもと　かのこ

岡本かの子

明治二十二年三月一日――昭和十四年二月十八日

本名カノ。東京市赤坂区青山南町の大貫家別邸に生まれた。大貫家は苗字帯刀を許された御用商人大和屋。明治三十五年跡見女学校入学。三十八年兄の晶川と共に新詩社同人となり、短歌を「明星」に発表。四十二年画家岡本一平と結婚、一子・太郎（画家）を産む。かの子の人間的魅力と文学的資質を愛した一平は、その才能を開花させるために生涯献身的に支えた。一平に導かれ、仏教の探求にも力を注ぎ仏教研究家としても知られた。昭和四年『わが最終歌集』出版と同時にヨーロッパに遊学、七年に帰国後は小説に転身し旺盛な創作活動のもと、十一年『鶴は病みき』で文学界賞受賞。短期間に『金魚撩乱』『老妓抄』など多数の名作小説を残した。歌集は前述の他『かろきねたみ』『愛のなやみ』『浴身』や、死後、一平によって編まれた『深見草』がある。全集は四十九年（冬樹社）と平成五年（筑摩書房）の二種がある。

あさみどり若き楓の木の間より白き腕のもの干せる見ゆ

『愛のなやみ』（大正七年）

一首前は「我が干せる衣の裾よりしたたるしづくにも染むあさみどりかな」であることから「白き腕」はかの子の腕《かいな》と思われるが、「見ゆ」と第三者の視点を借りて詠う。誰かが木の間より見ているに違いない、見ていて欲しいものだという感情が働いてそのように表現したのか。或いはかの子の意識の中ではもう一人の自分がいて見ている構図なのかもしれない。「我」という詠み手を根幹に置く短歌の視点ではなく、小説などが取る手法に近く、空間を立体的に捉えている。あからさまな自己賛美になるところを巧みに躱しているとも言える。

桜ばないのち一ぱいに咲くからに生命《いのち》をかけてわが眺めたり

『浴身』（大正十四年）

「中央公論」の依頼により大正十三年四月号に掲載された一三八首の冒頭の歌。わずか一週間という期限のもと全身全霊をこめ、桜と格闘し紡ぎ出された一連。古来から人が格別の思いをもって捉えてきた桜、それら全てを引受けた上で、想像力を駆使し、さまざまな角度から自らの桜のイメージを作り上げた。魂《こん》を詰めて作歌した余り、その春の現実の桜を見て嘔吐したという逸話が残る。前年の九月の関東大震災で自宅を消失し、一時避難した島根から東京に戻ってきた頃の作。そんな状況も合わせ鑑賞したい。ともあれ、純粋に生命を燃焼させようという自身の切実な思いと、桜の美を追究する歌の主題とが渾然と一体化した気息漲る一首である。

風もなきにざつくりと牡丹くづれたりざつくりくづるる時の来りて　『浴身』(大正十四年)

『浴身』の出版当初から「桜百首」と並び評された。前後の歌から室内に活けられ早くも散りかけた状態の緋牡丹と分かる。大輪の牡丹に深く裂け目が入って頽《くずお》れた様子が「ざつくり」という擬態語により描写される上句に、誰しも納得する下句の真理がさり気ない。最初の「ざつくりと」は、その瞬間の一回限りの様子であるが、次の「ざつくり」は普遍性を孕む「時」を修飾する。この一瞬と永遠という両極の時を同じオノマトペで繋げた技量の冴え。「ざつくり」という大らかで大胆な捉え方が、大輪の牡丹の妖艶且つあでやかな美にいかにも相応しい。咲き極まった後の美が描かれている。

年々にわが悲しみは深くしていよよ華やぐいのちなりけり　『歌日記』(昭和十三年)

代表作『老妓抄』の結びの歌。好奇心に溢れ財力もある老妓が自分の果し得なかった夢、純粋に目的に向かって生命を燃焼させて生きるという夢を、発明家を志す青年に託そうとするが果し得ない。そんな孤独感を湛える老妓の感慨が、この歌を以て締め括られ一巻は象徴的に終る。純粋さを望んで飽くなき心とは理性を越えた生命力そのものであり、生命の輝きを求めるかの子その人の理想であろう。作中人物に成り代って詠うとき心情を、より純粋に高め昇華するかの子の作歌傾向を、小説という舞台に生かし得た作。女が本質的に持つ願望の極みを情念の深みから引き上げてみせた。

見廻せばわが身のあたり草莽《さうまう》の冥《くら》きがなかにもの書き沈む
『深見草』(昭和十三年)

日中戦争が勃発した翌年の昭和十三年の歌。「草莽」は当時「人民」の意味に広く使われていた語であれば、時代背景の暗さも押さえつつ鑑賞するのが一般的。季節は五月、生い茂る草木に昏く包まれ、執筆に没頭する沈潜した孤独感が漂う作。但し「わが世」と題する一連の他の歌からは、あながち負の感情とは思えぬ歌、例えば「ふしおがむわれとひたぶる書きふけるおのれのみなるわが世なりけり」などに顕著なように、やっと至り得た境地という充足感に浸る歌も少なくない。小説家として脂の乗りきった時代の歌である。
(長澤ちづ)

◉参考資料

「岡本かの子全集」第八巻　冬樹社、昭和五十一年
瀬戸内晴美『かの子撩乱』講談社、昭和四十六年、同『かの子撩乱その後』冬樹社、昭和五十三年
岡本太郎『母の手紙』チクマ秀版社、平成五年
尾崎左永子『かの子歌の子』集英社、平成九年

土屋文明《つちや　ぶんめい》

明治二十三年九月十八日——平成二年十二月八日

群馬県群馬郡上郊村《かみさと》（現・高崎市）の農家に生まれた。高崎中学在学中に歌誌「アカネ」に投稿したことが機縁となって伊藤左千夫に師事、その援助により旧制一高へ進学した。左千夫の没した大正二年には東大哲学科（心理学専攻）に入学、在学中には芥川龍之介・菊池寛らとともに第三次「新思潮」に名を連ねた。大正五年の東大卒業後しばらくは長野県内の高等女学校で校長を勤めたが、大正十三年に東京へ戻り、昭和九年まで法政大学で教鞭をとった。昭和五年より、斎藤茂吉の後を受けて「アララギ」編集兼発行人となり、戦後の昭和二十六年までその任に当たった。同二十七年より明治大学教授となり、翌二十八年には『万葉集私注』で芸術院賞を受賞した。晩年に至るまで作歌活動は衰えを見せず、昭和六十一年には文化勲章を受賞している。生前に出版された歌集は十三冊、他に遺歌集が一冊ある。

この三朝《みあさ》あさなあさなをよそほひし睡蓮《すゐれん》の花今朝《けさ》はひらかず

『ふゆくさ』（大正十三年）

この三日の間、朝を美しく彩ってくれていた睡蓮の花であったが、今朝はとうとうおわりとなってしまった。清々しい朝の気に満ちた一首である。「今朝《けさ》はひらかず」と愛惜の念を述べることにより、睡蓮の花の美しさがより一層際立つように工夫されているところがすばらしい。第一歌集『ふゆくさ』の巻頭におかれた一首であるが、作られたのは明治四十二年の上京後間もない時期であり、二十歳以前の作ということになる。その若さにしてこの完成度、実に驚嘆すべきことである。清純な抒情歌人として出発した若き日の文明の面目躍如たる一首である。

越後《ゑちご》より干鱈《ひだら》を背負ひ越え来にし人はゆくなり尾花が原を

『往還集』（昭和五年）

「清水越」と題された一連中の一首である。うずたかく大きな荷を背負った越後からの行商人が、いましも清水峠を越えて、晩秋の上州へと向かう。荷の中身は干鱈である。海から遠い上州のような内陸の地では、カラカラの割り干しで保存がきく干鱈は貴重であり、また好まれもしたのであろう。尾花の原のなかをその荷が揺れながら遠ざかっていく。モノクロ映画の一場面を思わせるような、物語性に富んだ一首である。昭和二年の作品である。同六年の清水トンネル開通以前にはまだこのような光景が見られたのであろう。

嵐《あらし》の如《ごと》く機械うなれる工場地帯入り来て人間の影だにも見ず　『山谷集《さんこく》』（昭和十年）

「鶴見臨海鉄道」と題された一連の中の一首である。巨大な機械が轟音を立てて動いているばかりで、人の姿の見かけることのない工場地帯内の光景への違和感を歌う。物作りの主役は最早人間ではなく、機械になってしまったのだ。今に人間は機械に振り回されて生きねばならなくなるのだろうか。そんな不安の表明なのである。この一連では「吾が見るは鶴見《つるみ》埋立地の一隅《いちぐう》ながらほしいままなり機械力専制は」「無産派の理論より感情表白より現前の機械力専制は恐怖せしむ」のような歌もある。ここには中年期に入り、骨太な現実主義歌人に転じた文明の姿が顕著である。

背に恋ふる雪の朝《あした》の皇后よ強くも見ゆ豊かにも見ゆ藤三娘《とうさんぢやう》の自署《じしよ》　『山下水《やましたみず》』（昭和二十三年）

正倉院展で光明皇后の手跡を目にしての作である。「藤三娘《とうさんぢやう》」とは藤原不比等の三女の意。皇后の筆は、夫である聖武天皇より雄渾との評さえある。文明もその文字の力強さと伸びやかさと強く惹かれたのである。下句はそれを十全に表現するために、あえて大胆な破調を取り入れた。このような大胆さも文明の歌の特徴のひとつである。一方、上句は万葉集巻八にある皇后の歌「吾背子と二人見ませばいくばくかこのふる雪のうれしからまし」（あなた様と二人で見ることができたなら、この雪降りもどんなにか楽しかったことでしょうに）を踏まえる。

山も川もうつるといへど言葉あり千年《ちとせ》を結ぶ言葉をぞ思ふ

『続青南集』（昭和四十二年）

長い時の流れの中では、山河といえどもいつしかその様子を変えてしまう。だが千年を経ようとも変わることなく、人の心に響き続ける言葉がある。その言葉とは歌の世界である。その言葉のことをいつも考えている。歌意は右のようであろう。歌の世界に対する絶対的な信頼感の表明である。どんなに言葉が乱れることがあっても、戻るべき世界をもつ限りは、必ずや立て直すことが出来るというのである。『万葉集』に深く学ぶことから、近代短歌の道を自ら切り開いてきたという自負心が、そのように言わしめたのである。

（松田愼也）

◉参考資料

小市巳世司編『土屋文明全歌集』石川書房、平成五年
近藤芳美『鑑賞土屋文明の秀歌』短歌新聞社、昭和五十一年
本林勝夫『論考茂吉と文明』明治書院、平成三年

●きのした　りげん

木下利玄

明治十九年一月一日——大正十四年二月十五日

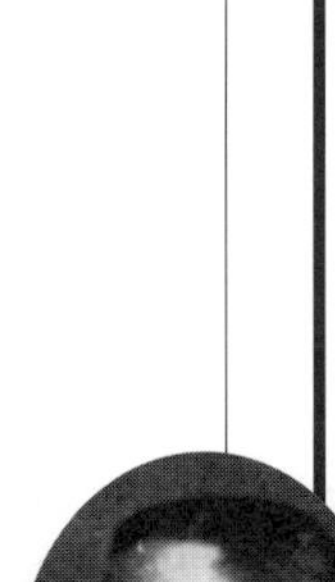

本名利玄《としはる》。岡山県に生れる。明治二十三年、伯父の子爵の養嗣子となり両親の元を離れて上京、学習院に学んで東京帝国大学国文科を明治四十四年卒業。短歌は学習院時代から佐佐木信綱の指導を受けた。学習院で同級の志賀直哉・武者小路実篤らと文学的交流を深めて共に明治四十三年「白樺」を創刊、白樺派ただ一人の歌人として活躍。結婚後三人の子供を次々と亡くし、生来の孤独性にさらなる深い影を加えた。『銀《しろがね》』（大三）は習作性が顕著で、『紅玉』（大八）で利玄調を打ち出し、『一路』（大一三）で同語・同音の繰り返しを多用するなど、利玄調のリズム整えるのに成功。大正十三年、北原白秋らの「日光」同人に迎えられ、創刊号は「利玄と利玄の歌」を特集した。死後自選歌集『立春』（大一四）、歌文集『李青集』（大一四）が出た。「心の花　木下利玄追悼号」（大一四）、『定本木下利玄全集』全二巻（臨川書店、昭五二）がある。

木の繁る上野の奥の土しめる谷中の墓地にわが子葬る　『銀』（大正三年）

いつの世でもわが子を亡くした親の悲しみは深い。作者は、結婚した翌大正元年八月、最初の子（長男）を生後五日で失い、瓶《かめ》に入れて埋葬した。本歌はその子を追悼する三十一首中の一首。『銀』にもその子への献辞を記す。続いて大正四年暮れ、次男を亡くして「亡き吾子《あこ》の帽子のうらの汚れみてその夭死《はやじに》をいたいけにおぼゆ」と悼む。帽子の裏の汚れでも、幼いわが子が残した生の痕跡であるが故に、なんともいとおしくてならないのである。さらに、大正六年暮れには長女も失い「吾子よ吾子よ生きてだにあらばかい抱きいやます〱にいつくしまゝしを」と叫び、亡き子への追悼歌をうたい続けた。失った子を思う親の歌に絶唱でないものはない。

生一本《きいっぽん》に夜を日につぎて山河《やまがわ》のたぎちのとよみとゞまらぬかも　『紅玉』（大正八年）

箱根の千石原でにわか雨にあった時のことをよんだ「萱山」十七首中の一首。「たぎち」は激流、「とよみ」は鳴り響く。ごうごうと日夜流れ続ける山川の激流の様は『万葉集』の世界そのものだが、「生一本」という口語調の言葉を第一句に置いて近代風に転生させた。この「萱山」をアララギ派の島木赤彦と古泉千樫にほめられて自信を深め、「悟入して此時一段の段階をのぼり漸く自分の歌は本道に出た」と作者は後に回想。同じ歌群の中の「夕川のたぎちのさむさ磐床《いはとこ》に息をふかめてわれ立ちにけり」は、自然のダイナミズムの渦中に自らを屹立《きつりつ》させることにより、絵画的で重厚な静謐感を現出させ、万葉風を越えている。

街をゆき子供の傍を通る時蜜柑の香せり冬がまた来る　『紅玉』（大正八年）

「子供ゐてみかんの香せり駄菓子屋の午後日のあたらぬ店の寒けさ」と続ける。青蜜柑をいち早く買って遊ぶ子供らから、その酸っぱい香りを嗅ぎ取り、冬の到来を知る感覚は身近で初々しい。作者の身分はその子らのように買って遊ぶことを許さなかった。その分よその子に寄り添うことができるのである。子供は利玄短歌の基盤をなすテーマ。夫婦で旅行の途中、小学生の遠泳に出会い「子供ゆゑ褒美なくてはと不憫がり妻が見てゐる遠およぎの列」「子供らの遠き游《およ》ぎをはげますと教師は舟にて太鼓たゝけり」とよむ。妻は亡くした子の成長後の幻を見、夫は学習院における自らの遠泳と重ねており、夫婦それぞれの思いがうたわれている。

今まさにたふれんとする潮波《うしほなみ》ますぐに立てりたふれてしまへよ　『紅玉』（大正八年）

「波浪」十三首中の一首。山陰の旅で見た波浪の印象を歌に表そうと試み「確かに自分の作り度いと思ふものを見てこれに叶ふ表現を求めた」と言う。「たふれてしまへよ」は、観察する側の、波浪に我が身を寄り添わせた耐えきれない思いを、得意の四四調を用いて命令形でうたいあげた。「たふれんたふれんとする波の丈《たけ》をひた押しにおして来る力はも」など、波のエネルギーをダイナミックに捉えた佳作もある。

牡丹花《ぼたんくわ》は咲き定まりて静かなり花の占めたる位置のたしかさ

『一路』(大正十二年)

「牡丹と芥子」十四首中の一首。「この室《へや》のしづもりみだるものもなく床《とこ》の牡丹のほしいま、に紅き」とあるのも同じ趣旨。何者にも邪魔されることなく泰然と床の間に咲き誇る鉢植えの赤い牡丹。鉢物として長年丹精こめて育てられたもので、花の季節には床の間を飾る慣習が木下家にはあったのであろう。牡丹の凛としたたたずまいは、床の間のある部屋の空間を支配しており、旧家ならではの継承されてきた歴史的時間の重みを感じさせる。

(佐々木靖章)

◉参考資料

上田博・小倉真理子『別離・一路』(和歌文学大系27)明治書院、平成十二年

川田順『木下利玄』雄鶏社、昭和三十三年

「特集・木下利玄——生誕百年記念」「短歌」昭和六十一年八月

●あいづ　やいち

会津八一

明治十四年八月一日――昭和三十一年十一月二十一日

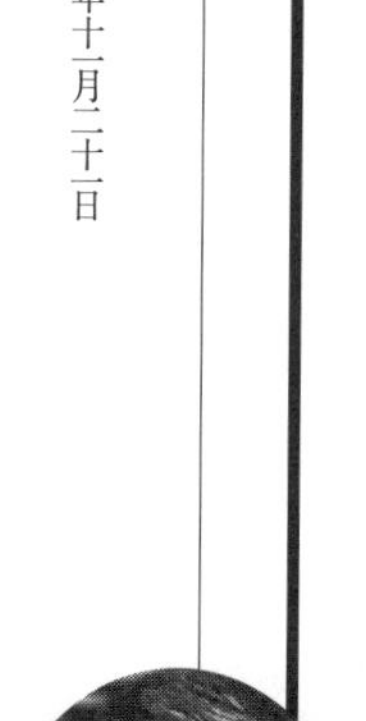

本名同じ。新潟市生まれ。秋艸道人・渾斎と号す。初め句作に傾倒し、明治三十三年に正岡子規を訪問。早稲田大学英文学科在学中、従妹の友人・渡辺文子と恋愛するが破れ、生涯独身を通す。卒業後帰郷し有恒学舎の英語教師となる。同四十一年、奈良を旅して美術への関心を深めると共に俳句から短歌へと転ずる契機となる。四十四年、坪内逍遙の知遇を得て上京、早稲田中学校教員となる。大正一五年より早稲田大学に転じ「東洋美術史」等を講じた。法隆寺等の研究により文学博士号を取得。歌作では、『南京新唱《なんきょうしんしょう》』（大一三）をはじめ、二歌集に新作を加えた『鹿鳴集《ろくめいしゅう》』（昭一五）、『山光《さんこう》集《しゅう》』（昭一九）を刊行。昭和二十年、戦災に遭い帰郷、早大教授を辞す。同年、長らく家事を見てきた養女・高橋きい子が病没。同二十二年『寒燈集《かんとうしゅう》』を刊行。晩年は新潟に定住し、同二十六年『会津八一全歌集』を刊行し読売文学賞受賞。七十五歳で逝去。

こがくれて　あらそふ　らしき　さをしか　の　つの　の　ひびき　に　よ　は　くだち　つつ

『南京新唱』（大正十三年）

木陰に隠れて、牝鹿《めす》を争っているらしい牡鹿《おす》の、打ち合う角の音が響いて来るうちに、夜は次第に更けてゆく、という意。巻頭「春日野にて」の一首。「こがくれて」「くだちつつ」のカ行音の乾いた感じが鹿が角を打ち合う音とうまく合っている。続く「うらみ　わび　たち　あかしたる　さをしかの　もゆる　まなこ　に　あき　の　かぜ　ふく」では、恋を遂げられなかった牡鹿の牝を思って燃える眼を擬人的に歌っており、生涯を代表する歌集を『鹿鳴集』と名付けた八一にとって、いかに鹿が強い感情移入の対象であったかが分かる。

すゐえん　の　あまつ　をとめ　が　ころもで　の　ひま　にも　すめる　あき　の　そら　かな

『南京新唱』（大正十三年）

塔の頂に掲げられた水煙に彫られた女人の姿をした飛天像の、袖の透き間からも見えている、澄んだ秋の空よ、という意。「薬師寺東塔」と題する。塔の九輪の頂にある飛天像は実際には肉眼では捉えられないから、この歌は八一が詩的想像力で作り出した美の世界である。しかし天上に音楽を奏でている銅版の彫刻の、透き間に見えている秋の青空を描くという発想は、この上もなく美しい。同じ東塔を歌った佐佐木信綱の「ゆく秋の大和の国の薬師寺の塔の上なる一ひらの雲」に比べても、美的な彫琢の度合いは一層深いと感じられる。

あめつち に われ ひとり ゐて たつ ごとき この さびしさ を きみ は ほほゑむ

『南京新唱』（大正十三年）

世界に私ひとりだけが存在して立ち尽くしているようなこの寂しさの中、仏像のあなたは微笑んでいる、という意。「夢殿の救世《ぐぜ》観音に」と題する。法隆寺の秘仏とされ、聖徳太子をモデルにしたという像を前にしての作。上の句に生涯独身を貫いた作者の孤立無援の心情が表されており、その心情が仏像に投影され、下の句では作者の悲しみを癒すように微笑を投げかける仏像を、理想の人物の如く歌っている。仏像をこのように自らに引きつけて詠んだ作品は稀有であろう。

やまばと の とよもす やど の しづもり に なれ は も ゆく か ねむる ごとく に

『寒燈集』（昭和二十二年）

山鳩が鳴く声だけが聞こえるこの寓居の静けさの中、お前は逝ってしまうのか、眠るように、という意。十余年八一の身辺の世話をしてきた養女きい子の死を悼んだ連作「山鳩」二十一首中の作。山鳩の鳴き声が「とよもす」と感じられる程移り住んだ観音堂は静寂に包まれており、倒置法が使われた下の句には哀傷の思いが底ごもり余韻を残す。きい子は気難しい教育者だった八一の心に適う優れた人柄であったらしく、一連中の「ひと みな の はばかる われ に つつま ざる ながこ とのは の すがし かりし か」にはその親密さが窺われる。

おり たてば なつ なほ あさき しほかぜ の すそ ふきかへす ふるさと の はま

『寒燈集』（昭和二十二年）

飛行機から降り立てば、まだ夏が浅く、涼しい潮風が、着物の裾を吹き返す。帰って来たのだ、故郷の浜辺に、という意。昭和二十年四月空襲にあって東京の家が罹災し、新聞社の飛行機で新潟へ帰郷した時の作。不自由な寓居での失意の生活に耐えて、故郷での晩年に安住の境地を見出そうという思いが、この作にはほの見えている。新潟市中央区西船見町の会津八一記念館にこの歌の歌碑がある。大和の明るい外光を愛した彼だが、北国人として生涯を終えた。なお、短歌作品の表記法は、すべて『會津八一全集』に拠った。

（久留原昌宏）

◉参考資料

『會津八一全集』全十二巻　中央公論社、昭和五十七年〜五十九年
会津八一『自註鹿鳴集』新潮文庫、昭和四十四年
岩津資雄『短歌シリーズ・人と作品16　会津八一』桜楓社、昭和五十六年
山崎馨『会津八一の歌』和泉書院、平成五年

●まえかわ　さみお

前川佐美雄

明治三十六年二月五日――平成二年七月十五日

明治三十六年、奈良県葛城市忍海《おしみ》生まれ。家は代々地主で林業。佐美雄も家を継ぐべく農林学校に入学するが、もっぱら絵画や文学に目を向けていた。大正十年、東洋大学に入学し上京。新来の文学・芸術思潮であるモダニズムの洗礼を受ける。その結実が第一歌集『植物祭』（昭五）であった。しかし、昭和七年、父の急逝により帰郷。奈良という土地と向かい合いながら作歌を続け、昭和九年には「日本《にっぽん》歌人」を創刊し、新古典主義を標榜する。とはいえ、指摘されるように、モダニズムの影響は、ここにも、また晩年にも維持されている点に注意したい。昭和十五年、佐藤佐太郎、齋藤史、坪野哲久などの新風とされる歌人たちと、現代短歌の出発点とも評される合同歌集『新風十人』を刊行する。しかし、戦後になると、戦時中の作歌活動が批判され、辛い時期を送った。歌集には、『大和』（昭一五）、『白鳳』（昭一六）、『捜神』（昭三九）等がある。全集は小沢書房版第一巻（平八）と砂子屋書房版全三巻（平二〇）とがある。

なにゆゑに室《へや》は四角でならぬかときちがひのやうに室を見まはす
『植物祭』(昭和五年)

たいへんに有名な歌であり、歌意もむしろ平明だ。なぜ部屋は四角形でなければならないのか。そんな問いを発することもなく、わたしたちはあたりまえに部屋を四角形にして住んでいる。一首は、突き詰めれば無根拠の〈あたりまえ〉に、安住しえない詠者の自我を表出するとともに、そこに安住するわたしたちへの鋭い問いかけにもなっている。そして、〈あたりまえ〉を揺るがす問いを発する心性こそが「きちがひ」と表された狂気なのである。「ひじやうなる白痴の僕は自転車屋にかうもり傘を修繕にやる」(『植物祭』)の「白痴」は、すでに指摘のあるように、当時の文学青年の志向を示す鍵語と重なる。昭和四年に、中原中也、河上徹太郎、大岡昇平たちの創刊した同人誌は「白痴群」であった。「きちがひ」にも、〈あたりまえ〉に堕さないという積極的な意味を掬いとっておくべきだろう。

野にかへり野に爬虫類をやしなふはつひに復讐にそなへむがため
『白鳳』(昭和十六年)

最後には果たそうと思っている復讐に備えて、野に戻り爬虫類を育むのだという。「爬虫類」とは、頑迷に太古の姿を残しとどめたかのような、いささか不気味な生きものたちだ。前のめりに、見栄えばかりの西欧化を急いできた日本の近代に対して、違和感を抱き、密かに爪を研ぐ気構えを感じさせる歌だと言えよう。それは、少し後に「近代の超克」が唱えられていく素地ともなる感覚であり思考でもある。けれども、茫々とした野には人影がない。その野は、ひとり復讐を思う詠者の孤独な内面に繋がる。この歌の表出する内面的で孤独なあり方は、思想潮流といったものとは、明らかに一線を画しており、一首の命脈であると思う。

遠空《とほぞら》に今し消えむとする雲の孤雲《ひとりぐも》見をり拳《けん》かたくして　『捜神』(昭和三十九年)

遠くの空に形を失いつつあるひとひらの雲があり、それを自身と重ね合わせるかのように見つめている、拳をかたく握りしめながらの意。詠者は、戦後になって、戦中の歌が軍国的だったと批判され、昭和三十年代に見直されるまで、厳しい状況にあった。掲出歌は、時勢に翻弄され、自身の歌を、存在を、根底から否定されつつも、かたく拳を握りしめ、孤高の歌人として生きる前川佐美雄を表象するかのような歌だ。さて、地にあって、遠空の雲を見つめる距離には、自身を対象化する切ないほどに冷静なまなざしがある。しかし、結句倒置法の「拳かたくして」により、いかほど静かに自身の生を対象化しようとも、消え入るような存在のはかなさと孤独を突きつけられた理不尽に、歯がみをしないではいられない痛切な思いが表出する。結句における柔から剛への一転が、にわかに生み出す緊張感はすばらしい。

「おっくう」は億劫《おくこふ》にして億年の意としいへればこころ安んず

『白木黒木』（昭和四十六年）

やらなければならないことがあるのに、おっくうだからとやらないでいて、時間が迫り焦り気味。しかし、なおおっくうだと思いながら、ふと辞書でも見たのか、「おつくう」は「億劫」と書き、果てしなく長い時間の意だというのだから大丈夫、「億劫《おつくう》」なうちはまだまだ時間があるよと安心している様子を一首にしたものであろう。面倒くさがり屋が「億劫」ということばと戯れ、そこにあぐらをかき、かつまた歌にまでしてしまう姿は、ユーモラスで、機知に富む。

最後に、前川佐美雄は短歌の世界に新風を巻き起こしつつ、定型を守り続ける希有の歌人であった。歌の新しさを破型に求めず、むしろ短歌の生命線を定型に見据えて、新たな歌を模索したこの歌人の歌と、いまいちど真剣に向かい合う必要があるのではないか。

（鈴木泰恵）

◉参考資料

『前川佐美雄全集』全三巻　砂子屋書房、平成二十年
『新研究資料現代日本文学５』明治書院、二〇〇〇年
『展望　現代の詩歌　短歌Ｉ』第六巻　明治書院、二〇〇七年

●さいとう　ふみ

齋藤史

明治四十二年二月十四日――平成十四年四月二十六日

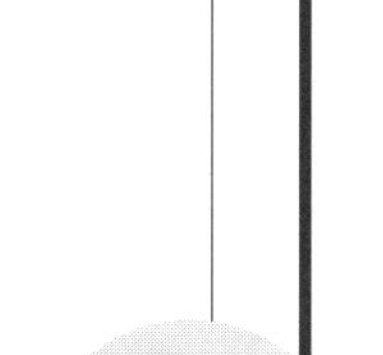

東京都新宿区生まれ。父は陸軍軍人だが、歌人でもあった。昭和二年には、父の所属する「心の花」に、歌が掲載されている。昭和六年、前川佐美雄らと「短歌作品」を創刊。モダニズム系の歌風をとり込んでいくうえでの重要な契機だったろう。昭和十一年の二・二六事件により、父は反乱幇助罪に問われて投獄される。幼馴染みの将校たちも処刑された。この事件は齋藤史の短歌に大きな影を落としている。すでに多く指摘のあるところだ。昭和十四年、父創刊の「短歌人」に参加。翌十五年には当時気鋭の歌人たちとの合同歌集「新風十人」を刊行し、第一歌集『魚歌』も刊行した。昭和二十年、長野に疎開し、生涯を長野で送る。昭和三十七年、「短歌人」を退き、「原型」を創刊。『ひたくれなゐ』（昭五一）が迢空賞を受賞して以来、齋藤史の歌集は各賞を受賞。生涯、現役歌人であった。なお、小説『過ぎて行く歌』（昭二三）も書いている。全集は『齋藤史全歌集』（大和書房 旧版昭五二、新版平九）がある。

空《そら》の風船の影を掌《て》の上にのせながら走り行きつつ行方《ゆくへ》も知らぬ　『魚歌』（昭和十五年）

空を吹き渡る風や、船の幻影を、手のひらの上にのせて、行方も定めず走って行くという。むろん写実ではない。「空の風」「船の影」は、たとえば夢や空想といったものだろうし、それを「掌の上にのせながら」というのは、夢や空想を胸に抱きながら、といったところだろう。「走り行きつつ行方も知らぬ」には、自由な雰囲気が漲っている。ところで、昭和初期から、モダニズム文学の風が吹いて、短歌にも写実一辺倒ではない時代が到来した。新しい文学の潮流に乗り、夢や空想をさまざまなことばで象っていく楽しさに、無邪気に身をゆだね、自由に歌をつくっている。そんな詠者の姿を窺わせる歌で、明るさと希望に満ちた一首。

花が水がいつせいにふるへる時間なり眼《め》に見えぬものも歌ひたまへな　『うたのゆくへ』（昭和二十八年）

花や水がいっせいにふるえだす時間です、さあ眼に見えないものもうたをお歌いください、と詠みかけている。「花が水がいつせいにふるへる」は、「時間なり」に接続されると、それはどんな時間帯なのかという思いとともに、実景から心象へと微妙に移ろう不思議な光景だ。こんな、あわいの光景を詠むのも、この歌人の特質だろう。さて、「眼に見えぬもの」とは何か。「たまへな」は尊敬語であるから、敬虔な思いの込められた何ものかに相違ない。この世のほかのものであれ、この世の風や空気や何であれ。ただ、尊くも「眼に見えぬもの」の歌声は、詠者にしか聞こえず、詠者の短歌を導く歌声に思えてならない。この歌人の歌は、さまざま不思議なつぶやきや声に導かれている。「豆煎ればひそやかにつぶやけり未来《さき》の世も同じこほろぎの声」(『うたのゆくへ』)。

死の側より照明《てら》せばことにかがやきてひたくれなゐの生《せい》ならずやも　『ひたくれなゐ』(昭和五十一年)

歌集名の由来歌で、代表歌のひとつ。さて、意識は足早に死の側に身を置き、そこから自身の生に光を当ててみる。すると、その生は格段に輝いていて、「ひたくれなゐ」すなわち全体が鮮やかな赤で、たいへんに美しい。「ならずやも」は、そうではないか、いやそうだろうと、自身に語りかけ皆人に語りかける。この結句により、「ひたくれなゐの生」は、詠者ひとりの生から、にわかに人間一般の生へと普遍化されるかのようだ。ところで、全体照り輝く紅の豪華な衣《きぬ》は、砧で何度も何度も打たれてできあがる。「かがやきてひたくれなゐの生」もまた、度重なる人生の苦難を経て、最期によ うやく仕上がるものなのだろう。だから、「死の側」から見つめのである。掲出歌直前の歌「おいとまをいただきますと戸をしめて出てゆくやうにゆかぬなり生は」は、軽いタッチではあるが、逃れえぬ苦役のごとき生を詠んでいる。その後からしか見えてこない生の美。痛ましくも美しい人間の生を見つめた一首。

夏草のみだりがはしき野を過ぎて渉りかゆかむ水の深藍

『渉りかゆかむ』（昭和六十年）

歌集名になった歌。夏草が秩序もなく乱雑に繁茂する野を過ぎて、こんどは深い藍色をした水のうえを越えてゆくのだろうか、といった意。「夏草」は横溢する生命の豊かさを表すとともに、「みだりがはし」と言われるように、手に負えない過剰さをも示している。老境にいたり、振り返ったときの、詠者自身の生のありようだったろう。そんな人生を生きて、これから渉ってゆくのだろうかと思いをいたす、深い藍色の清浄にして静謐な水とは何だろう。起伏はないが穏やかな余生でもあろうし、此岸と彼岸とを隔てる三途の川でもあるだろう。そっと彼岸へと向けられたまなざしは清らかにして悲しい。同集「ひらひらと峠越えしは鳥なりしや若さなりしや声うすみどり」も、生の重力から抜け出して、淡く静かな歌だ。

（鈴木泰恵）

◉**参考資料**

『齋藤史全歌集』大和書房、平成九年
『新研究資料現代日本文学　5』明治書院、平成十二年
『展望　現代の詩歌　短歌Ⅰ』第六巻、明治書院、平成十九年
雨宮雅子『齋藤史論』雁書房、昭和六十二年

●さとう　さたろう

佐藤佐太郎

明治四十二年十一月十三日——昭和六十二年八月八日

宮城県柴田郡大河原町大字福田（当時）生まれ。農業、源左衛門の三男。母うら。大正十三年平潟尋常高等小学校を卒業。大正十四年岩波書店に入社。大正十五年『アララギ』に入会、昭和二年三月斎藤茂吉に会い終生の師と仰ぐことになる。昭和十五年『新風十人』に参加、歌集『歩道』出版、引き続いての『軽風』『しろたへ』の上梓により歌壇の地歩を確立してゆく。昭和二十年より『アララギ』の編集に参加。同年一時帰郷ののち敗戦となり再び、上京、復刊『アララギ』の編集に携わる。昭和二十六年師茂吉死去。以降結社誌『歩道』を足場とし、信条である「純粋短歌論」を押し進めた。昭和四十一年頃より体調衰えながらも、芸術院賞、迢空賞始め多くの賞を受賞、芸術院会員に選ばれるなど活躍したが、昭和六十二年夏逝去。歌集は十三冊他に自選作品集、歌論評論集、入門書など多数。

公園のくらがりを出でし白き犬土にするばかり低く歩きぬ

『歩道』（昭和八年）

表題から昭和初期の浅草寺境内での所見と知られる。

二分化された画面の半ばはうす闇に支配され、残余は幾分猥雑とも言える明るさの領域である。そしてその二つの結界を結び付けているのが恐らく野犬であろう「白き犬」なのだ。細部を徹底的に削ぎ落とされ、明暗に塗りわけられた一首は視覚的心理的に極度に単純化された構図によって読者に鮮烈な印象を与える。獲物を狙うように闇を引きずって現れた犬には作者の心の象が投影されているのかも知れぬが、そこまで読まずとも一読忘れがたい衝撃を残す一首。

かぎりなく心を過ぎて瀬戸の海くすみの岬に潮流れたり

『帰潮』（昭和二十四年）

昭和二十四年春、夫人佐藤志満と瀬戸内海を旅した際の述壊で、情景の描写は前掲作同様極めて簡略化されているが、声調には紛れもない心の動きが流露されている。

作歌に打ち込む時間を求めて始めた出版、養鶏に挫折しつつも、中堅歌人としての地位を確立させてきた作者の信条である「純粋短歌論」のなかから生まれたといえる作品。

本歌集の後記にもあるように「私は純粋な短歌を追求して作歌から第二義的なものを排除しようとした」「私の歌には事件的具体といふものは無い」が具現化されている。

秋彼岸すぎて今日ふるさむき雨直なる雨は芝生に沈む

『地表』（昭和二十六年）

彼岸も過ぎ冬に向う秋雨の状景とそれを通しての作者の思いにまで踏み込んだ作品。「直なる雨は芝生に沈む」という鋭い描写により、その蕭条とそれに見入る作者の心情を写し出して剰すところがない。本歌集編纂の頃は自身の地歩、生活に幾分ゆとりの見えてきた時期ながら、師茂吉の最晩年にも当り、どこか緊張と寂寥の影を引いている作品が多いように思われる。後年、歌集『開冬』の後記において作者は「私は短歌の価値の大部分は「ひびき」にあると思っている」と記しているが、この一首も秋霖を詠みつつその「ひびき」によって作者の内包する沈痛な気分を読者に伝えている。

冬山の西岸渡寺の庭にいでて風にかたむく那智の滝みゆ

『形影』（昭和二十六年）

体調不安もあってか、やや内面回帰の傾向を見せている当時の作品群にあって、対象を描きぬく作者の力量をまざまざと示した一首。その遠望を「風にかたむく」と意想外の姿に写しとりながら画面の中心に据えられた大滝を現実の風景から作者の詩境に引き寄せ読者を酔わせる。結句の構文の捻れについて疑問の声もあったようだが、敢えて構文の合理性を乱すことによって、大滝の神性の描写を人界から天外の視線に置き替えたものと推量する。後にこの歌を引いて「作者の影を意識している」と自ら述べているが、寧ろ「作者の影」こそがこの大景の神性を深めているように思われる。

冬の日に眼に満つる海のあるときは一つの波に海は隠るる

『開冬』(昭和五十年)

たびたび遊び、また病を養った外房州の海ででもあるのだろうか。視野一杯に広がり冬ながら凪いだ海を見やる作者の感慨を一瞬断ち切るように盛り上がる大きなうねりを捉えて「一つの波に海は隠るる」と描写した作者の力に瞠目し圧倒される。発表当時から、かなり象徴的な作品と受け止められた面も多かったようだが、前歌集『形影』以来、健康状態の不調もあって作歌数を絞りながらも、自然の存在の根源を求め再現を試みるという新境地に立ち向かう作者の姿勢が鮮明にされている。

(福永和彦)

◉**参考資料**

『佐藤佐太郎全歌集』講談社、昭和五十二年
今西幹一『佐藤佐太郎の短歌の世界』桜楓社、昭和六十年
佐藤志満編『佐藤佐太郎百首』短歌新聞社、平成三年

●みや　しゅうじ

宮柊二

大正元年八月二十三日——昭和六十一年十二月十一日

本名肇《はじめ》。新潟県北魚沼郡堀之内村（現・堀之内町）に生れた。家は書店であったが、大正十二年の関東大震災で東京市本郷に開店準備中であった支店が壊滅し家業衰退のもととなる。昭和五年、長岡中学校（現・長岡高等学校）を卒業したが進学せず家業を手伝う。五歳年上の女性と結婚まで考える恋愛をするが周囲の反対により断念。長く失意の内に過ごすことになる。昭和八年、北原白秋を訪ね入門。二年後の「多磨」創刊号から出詠する。その後秘書として通うことになり晩年、眼疾の進んだ白秋の口述筆記などを手伝う。昭和十四年、白秋のもとを去り製鉄会社に入社。その年召集され中国山西省にて戦闘に参加。過酷な戦争詠を多く残した。終戦後会社に復帰する。「多磨」廃刊により昭和二十八年、歌誌「コスモス」創刊。戦後短歌のリーダーとして活躍した。歌集は『群鶏』『小紺珠』『日本挽歌』『多く夜の歌』『獨石馬』などがある。

昼間みし合歓《かうか》のあかき花のいろをあこがれの如くよる憶ひをり　『群鶏』（昭和二十一年）

初出は「多磨」昭和十一年八月号である。合歓は六～七月の頃、多くは水辺に紅色の花を球状に集めて咲く。花弁は目立たないが雄しべは多数に割れて細い糸のような条《すじ》をそよがせる。その淡くはかないさまは喩えるならば穢れをしらない少女のようだ。明るい夏の日差しのもとで眺めてきたその合歓を作者は夜の闇の中に思い出している。「あこがれの如く」と表現したところには故郷でお互いに強く惹かれあいながら別れなければならなかった女性への絶ちがたい想いが揺曳しているようで、ほのかな悲しみがただよう一首である。

おそらくは知らるるなけむ一兵の生きの有様をまつぶさに遂げむ　『山西省』（昭和二十四年）

「幹部候補生志願を再三再四慫慂せらるることあれども」という詞書がある。誰に知られることなくこの戦場で死んでゆくことになるのだろうが、それでも私は一兵卒として任務を全うし、人間として恥ずかしくない生き方を遂げたい、というのである。なぜ幹部候補生になろうとしなかったのか、その真意は誰にもわからないことだが、どこか悲壮感のあるこの歌は「けむ」（断定はできないけれど多分そうであろう）、「遂げむ」（話し手の動作についてその実現を思う）という言い切りによって強い意志と信念を感じさせる。

たたかひを終りたる身を遊ばせて石群《いはむら》がれる谷川を越す

『小紺珠』（昭和二十三年）

「砂のしづまり」と題された巻頭五首の中の一首。昭和二十年九月七日に復員した作者は家族が疎開していた富山県の黒部渓谷に向かった。寒さや飢えや戦闘の恐怖や戦友の死などの生々しい記憶を抱えての道中である。「たたかひを終りたる身を遊ばせて」と他人事のような読みぶりになっているのは、まだこの現実が本当のことなのか、しかと認識できていないと言いたいのであろう。一連には「山川の鳴瀬に対かひ遊びつつ涙にじみ来ありがてぬかも」もあり、この静謐な自然のなかに自由にいる自分が信じられないという茫然たる思いを表出している。

空ひびき土ひびきして吹雪する寂しき国ぞわが生れぐに

『藤棚の下の小室』（昭和四十七年）

初出は昭和三十七年一月一日の「北海道新聞」である。作者の故郷、新潟県北魚沼郡堀之内町の辺りは有名な豪雪地帯であるらしい。「空ひびき土ひびき」と名詞的に使うことによって、普通に「空にひびき土にひびきて」というよりも、もっと強くたましいまで揺さぶられるような心持がする。作者にとってあまりいい思い出のない故郷であったのだろう。家業を助けるために進学を諦め、恋人と別れ、二十歳で捨てた故郷。一首中に濁音が七つもあり、いかにもごつごつと人を拒むような感じをよく出している。

中国に兵なりし日の五ケ年をしみじみ思ふ戦争は悪だ

『純黄』（昭和六十一年）

昭和五十九年一月三日の「朝日新聞」が初出。新春の新聞を飾るにはふさわしくない内容とも思われるが、積年の思いが出たということかもしれない。作者は昭和十四年八月に召集され、十二月初めに中国山西省に入り、昭和十八年九月に内地に帰還するまでの五年間を中国の戦地にいた。代表作とされる「ひきよせて寄り添ふごとく刺ししかば声も立てなくくづをれて伏す」をはじめとする、第二歌集『山西省』の戦地詠は戦争文学の一翼を担うものだが、戦後三十九年を経て発表されたこの一首の「戦争は悪だ」という結句の単刀直入の表現も時代を越えて訴える力を持っている。（久々湊盈子）

◉参考資料

『宮柊二集』全十巻別巻一　岩波書店、平成元年～三年
島田修二『宮柊二』桜楓社、昭和五十五年
小高賢『宮柊二とその時代』五柳書院、平成十年

●こんどう　よしみ

近藤芳美

大正二年五月五日――平成十八年六月二十一日

本名・芽美（よしみ）。朝鮮（現在の韓国）に生れる。中学校に通うため郷里の広島に帰り、広島高校を経て東京工大建築科を昭和十三年卒業。建設会社勤務後、応召して中国へ渡る。短歌は高校在学中に中村憲吉の指導を受けてアララギに入会、憲吉の死後土屋文明に師事。戦後宮柊二らと「新歌人集団」を結成、『埃《ほこり》吹く街』（昭二三）を出して戦後歌壇のリーダーとして登場。昭和二十六年「未来」を創刊し、『冬の銀河』（昭二九）『喚声』（昭三五）などで戦争体験を持つ世代の衷情をうたった。朝鮮戦争、ベトナム戦争と戦後も続く動乱を問い続けながら共産圏諸国などを歴訪し、人間存在の統合を願う心境を『黒豹』（昭四三）『異邦者』（昭四四）などにまとめた。『新しき短歌の規定』（昭二七）以降評論集やエッセー集も多く出した。朝日歌壇の選者（昭三〇～平一七）。工学博士。神奈川大学教授。文化功労者（平八）。『近藤芳美集』全十巻（岩波書店、平一二）がある。

たちまちに君の姿を霧とざし或る楽章をわれは思ひき

『早春歌』（昭和二十三年）

霧の中を立ち去って行く「君」（女性）を見送っている情景。「君」が姿を消していくにつれて、或る楽章が想起される。それは二人だけで共有している思い出の曲であろう。絵画的静止画像と音楽的動画が共鳴しており、映画のラストシーンの趣がある。前後の作品によると、場所は朝鮮、時は朝方、船で去って行く「君」を作者は岩の上から見送っている。「霧」は以後作者のキーワードとなる。昭和十一年から二十年にかけての作品を収録した本歌集で、作者は、建設現場勤務、「君」との結婚、応召、負傷、入院、除隊と、戦中の困難な時期を自他への労りの気持ちを潜め、抒情を湛えてうたいあげ、多くの若者の支持を得た。

ものぐらく人行く上に降《ふ》りて居る鉄切断の音無き火花

『埃吹く街』（昭和二十三年）

ビルの上階での夜間工事であろう、鉄筋を切る火花が下を通る人に降りかかる。激しい金属音が響きわたっているはずなのに、視覚は聴覚を切断して無音化し、何故か火花だけを認知する。人には時にそのような瞬間が訪れる。動を内包した静止画面風の映像化は、前出の歌と共通しており、作者の得意とする技法。「月食の前」の題がある七首のうちの一首なので、月食前の特異な時空を背景としている。建設に関わっていた作者はしばしばこのような現場を素材として用いた。

傍観し得る聡明を又信じふたたび生きむ妻と吾かも

『埃吹く街』（昭和二十三年）

「埃吹く街」五十首中の一首。「街の鉄塔」の中では「いち早く傍観者の位置に立つ性《さが》に身をまもり来ぬ十幾年か」とも。戦前は戦時体制に巻きこまれないよう聡明に生き、戦後は民衆化の体制に安易に同化しないで生きる作者夫妻の必死さが伝わる。傍観者の思想を保持し続けることにより、「個」として生きる矜持を一貫して持ち続け、付和雷同する「多」を批判して「ためらひなく民衆の側に立つと言ふ羨《とも》しきかなこの割り切りし明るさも」とうたう。しかし、それは時に自らの弱さの自覚をもたらすのである。

一片の佯《いつは》りあらば責めせめむひとりの心君ら知るなし

『冬の銀河』（昭和二十九年）

「野に降る雹」六十首の内の一首。「佯り生きいつはり切れぬ心ひとつ孤独の歌と人はよむのみ」ともある。戦後の政治的混乱も講和条約、朝鮮戦争の終結で終息に向かい、旗幟を必ずしも明かにしない傍観者の生き方は許されないような状況に向かいつつあった。歌人としての内面の自由保持のため懊悩を繰り返す思いが伝わる。本歌集は昭和二十六年から昭和二十九年にかけての作品を収める。

森くらくからまる網を逃れのがれひとつまぼろしの吾の黒豹

『黒豹』（昭和四十三年）

「黒豹」五首のうちの一首。続けて「追うものは過去よりの声森をいそぐ老いし黒豹を常のまぼろし」とある。本歌集の題名を象徴する作品。海外ではベトナム戦争が続く一方、国内は高度経済成長期のさなかにあった。「吾の黒豹」は歌人としての自らの存在。作者は老いの五十代にはいり、歌人としての一筋の生き方を、暗い森の中を音もなく捕獲網をくぐり抜けて時に迷走しながら駆ける幻の黒豹にたとえる。「逃れのがれ」、前歌の「責めせめむ」など、要句を繰り返して自らの生を問い詰める手法は、切迫した緊張感をもたらす。本歌集は昭和四十年から四十三年までの作品を収める。この歌集を中核とした業績に対して昭和四十四年迢空賞が贈られた。

（佐々木靖章）

◉参考資料

岡井隆『近藤芳美と戦後世界』蒼土舎、昭和五十六年

「追悼　近藤芳美」「歌壇」二十巻十号、平成十八年十月

「追悼　近藤芳美」「短歌研究」六十三巻八号〜十号、平成十八年八月〜十月

「大特集　近藤芳美の歌に学ぶ」「短歌」五十三巻七号、平成十八年七月

●なかじょう　ふみこ

中城ふみ子

大正十一年十一月二十五日――昭和二十九年八月三日

本名、富美子。北海道帯広市に生まれた。昭和十七年中城博と結婚。三人の男児と一人の女児の母となるが二十六年離婚。二十七年乳癌のため左乳房を切除する。二十八年癌が右乳房にも転移、以後闘病生活になる。短歌との出会いは、池田亀鑑の授業のあった東京家政学院時代の十七歳の時で、特別に作歌指導も受ける。本格的な創作活動は、昭和二十二年短歌結社「新墾《にいはり》」入社以降の二十代後半である。二十三年には「辛夷《こぶし》」会員となるなど数誌と関わり研鑽を積んだ。

第一回「短歌研究」新人賞（五十首詠）の受賞の報は、乳癌闘病中の病床で受ける。二十九年年七月、当時の「短歌研究」編集者の中井英夫の尽力により歌集『乳房喪失』（作品社）を出版。同年八月三日三十一歳の若さで永眠。三十年『花の原型』（作品社）刊行。五十一年『定本中城ふみ子歌集・乳房喪失―附花の原型』が角川書店より出版された。自己を冷静に凝視する客観性と想像力を駆使した自己劇化の手法で、塚本邦雄らの前衛短歌にも影響を与えた。

春のめだか雛の足あと山椒の實それらのものの一つかわが子

『乳房喪失』(昭和二十九年)

中城ふみ子がわが子を詠う歌には背後に悲しみが横たわる。犠牲的精神が母性に望まれた時代のこと、自らの思いに真摯な生き方を貫こうとすれば、母たる自己との間に葛藤があっただろうことは想像に難くない。上句の三つの喩は一般的には愛らしく果敢ないものの喩として解される。しかし「山椒は小粒でぴりりと辛い」の諺が想い起される「山椒の實」は、「春のめだか」「雛の足あと」とはやや異質な存在ではないだろうか。子供は直感で親を見通す。そのことに敏感な作者も気付いている。「子が忘れゆきしピストル夜ふかきテーブルの上に母を狙へり」などと通底する心情が窺えよう。

背のびして唇づけ返す春の夜のこころはあはれみづみづとして

『乳房喪失』(昭和二十九年)

情感に溢れた伸びやかな相聞歌。爪先立ちになって背伸びをする動作、頤《おとがい》を上げ首を伸べる姿態は、多分に当時の映画で若者達を魅了したムードを伝えている。相手に縋らねば倒れてしまいそうな危うさ、とは言え「唇づけ返す」という行為は決して受身ではない。恋をリードしていた年上の女のつもりが、少女のような瑞々しい心を抱《いだ》く自らにふと気づき、冷静な我が「あはれ」(感動)を覚えている。二句で一旦切れてはいても、そのまま「春の夜の」へ傾れ込むように繋がる澱みない言葉運びは一首に心地よい酩酊感をもたらす。

音高く夜空に花火うち開きわれは隈なく奪はれてゐる

『乳房喪失』（昭和二十九年）

この歌が詠まれたとき作者はすでに乳癌の手術を受けて左の乳房を失っている。「隈なく奪はれてゐる」と詠ったとしてもそれは作品の上の私であり、生身の作者の肉体ではない。

事実に忠実に如何にリアリティーをもって伝えるかに腐心していた当時の歌壇にあって、このような自己劇化の作風は画期的なものであった。中城の自己愛と自己絶対化の激しさがそうさせたのであろうが、こうして作中の自分を操り恋愛の極致を描き出すことに成功している。中城ふみ子をモデルとした渡辺淳一の『冬の花火』はこの一首を核にしている。

乳牛の豊かなる腹照らし来し夕映ならむわれも染まらむ

『乳房喪失』（昭和二十九年）

「氷紋」の章の歌。「夕茜終らむとして折々に雪野が反射する痛みのやうなもの」と並ぶ歌であれば、冬の夕映を目にしつつ、実景ではない夏の放牧地へ思いを馳せている。乳牛の豊かな腹を照らすことにより、夕映が何か特別な生命力を宿すものに転化して、作者の心身を照射する。その夕映をもって死に直面する自らを慰撫し浄化しようとしている。広大な放牧地を染める夕映、乳牛は単数ではない。北海道という大自然の中に作者が育ち親しく目にした景が、想像の風景の中に、このように投影されて歌柄を大きくしている。

無き筈の乳房いたむとかなしめる夜々もあやめはふくらみやまず
『花の原型』（昭和三十年）

死後発表された「遺詠」の中の一首。幻肢という言葉を聞いたことがある。手術などで失ってしまった手や足、無い筈のその部分の感覚のみが甦り体感されるらしい。同じような感覚から発せられながら、生命そのものまでも奪われようとしている若い作者の絶唱。ここで「乳房が痛む」という感覚は生命そのものが絶えようとする今、生きて在ることの最後の拠り所でもある。「あやめ」に託された失った乳房の幻影は作者その人とも重なり、諸々の苦悩を経た後の澄明な光をまといはじめる。「夜」という場面の設定「あやめ」の花の紫などから「よみがえり」の意志も伝わってくる。
（長澤ちづ）

◉参考資料

中井英夫『黒衣の短歌史』潮出版社、昭和四十六年
小川太郎『ドキュメント中城ふみ子　聞かせてよ愛の言葉を』本阿弥書店、平成七年
菱川善夫『おのれが花―中城ふみ子論と鑑賞』沖積舎、平成十九年

●てらやま　しゅうじ

寺山修司

昭和十一年一月十日——昭和五十八年五月四日

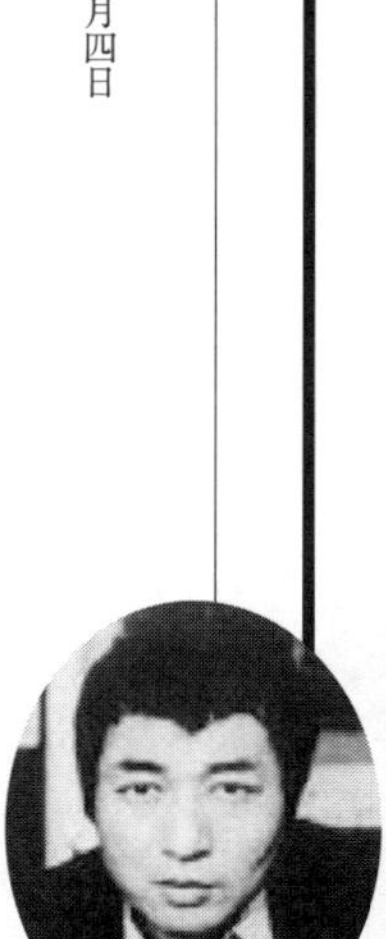

青森県弘前市生まれ。父・八郎は、昭和二十年（修司九歳）、セレベス島で戦病死。昭和二十六年、太宰治の出身校、青森高校に入学、十代の俳句雑誌「牧羊神」を創刊。昭和二十九年、早稲田大学教育学部国文科に入学。同年、「チェホフ祭」五十首で第二回短歌研究新人賞を受賞。十代の新人として脚光を浴びる。昭和三十三年、歌集『空には本』刊。多様多彩な「われ」の導入、先行作品からの引用やモンタージュの方法などによって、前衛短歌運動の一翼を担う。昭和四十年、『田園に死す』刊、青森の土俗を虚構的世界として劇的に表現し、前近代的風土によって、戦後の現代社会の矛盾を批評した。昭和四十二年、演劇実験室「天井桟敷」を設立、活動の中心を演劇に移した。文学評論、ルポルタージュ、映画の脚本、作詞、競馬評論など、縦横に表現活動の場を広げた。昭和五十八年、四十七歳にて死去。平成二十年二月、田中未知によって、未発表歌集『月蝕書簡』が刊行される。

桃うかぶ暗き桶水替うるときの還らぬ父につながる想い

『空には本』（昭和三十三年）

「チェホフ祭」発表当時の原作は、上の句が「西瓜浮く暗き桶水のぞくときの」であったが、歌集収録の際に改作。表題も「父還せ」から「チェホフ祭」に変えたいきさつがある。ともあれ、寺山の歌の出発には、父の不在が重要なテーマであったことを見落としてはなるまい。「還らぬ父」とは、戦病死した寺山の父であり、初期寺山作品には、「父の墓標」「父の遺産」「父の瞼」などと、実際の父が数多く詠まれている。後に多様な「われ」を作中主体として導入した寺山だが、この歌の「還らぬ父」では、傷を負った寺山自身の「われ」が歌われている。寺山のデビューは、そのみずみずしい感受性から、当時「無傷の青春」と呼称されたが、「傷を負った青春」が実際のところだったのである。

一粒の向日葵の種まきしのみに荒野をわれの処女地と呼びき

『空には本』（昭和三十三年）

「処女地」とは初めて開拓する土地のことだが、ここではもちろん、比喩としての「処女地」である。十代の寺山少年が、未知なる文学・芸術の世界に、一歩踏みだそうとする決意表明の歌である。「一粒の向日葵の種」には、自己の詩性を信じ、また自負する思いが込められている。また、「まきしのみに」と、完了と限定とを表現したのは、運命的な覚悟を宣言したかったものと思われる。そうした意欲は「荒野を」でなければならなかった。恵まれた肥沃な土地ではなく「荒野を」こそ「処女地」とするのである。純粋素朴な、野望に輝く一首である。「向日葵の種」は、したがって、野望の種と捉えることもできる。

無名にて死なば星らにまぎれむか輝く空の生贄として

『血と麦』（昭和三十七年）

死んだら星になる、という信仰にも近い発想は、おそらく何処の国にもあるだろう。個人を超えた無名者への憧憬は、小さな物語、小さな幸福としてわれわれを癒す。だが、そうした慰謝の持つ意味について、また「無名」ということの意味について、この作品は問いを投げかけている。『血と麦』の後書きである「私のノオト」に、「大きい世界をもつこと。それが課題になってきた。」「私自身が不在であることによってより大きな「私」が感じられるというのではなしに、私の体験があって尚私を超えるもの、個人体験を超える一つの力が望ましいのだ。」と記している。短歌における「われ」を拡大させた根拠が、ここに示されているだろう。

亡き母の真赤な櫛で梳きやれば山鳩の羽毛抜けやまぬなり

『田園に死す』（昭和四十年）

「犬神　寺山セツの伝記」の冒頭の一首。寺山の実母は、はつという名で当時存命。「セツ」という「亡き母」を仮構した一連は、青森の暗い土俗的な風景を背景として詠まれたものである。故郷青森は、おのれの存在の根拠を問い直す場《トポス》として設定され、そこに実母をモデルとした「亡き母」を劇化して描き出す。寺山は何故、故郷を、また母を、かくも陰惨におどろおどろしく歌おうとするのだろうか。跋に、「私が一体どこから来て、どこへ行こうとしているのかを考えてみることは意味のないことではなかつたと思う。もしかしたら、私は憎むほど故郷を愛していたのかも知れない。」とある。同郷の作家太宰治にも同じような望郷意識が見られる。

レコードに疵ありしかばくりかえす「鳥はとびつつ老いてゆくのみ」

『月蝕書簡』（平成二十年）

『月蝕書簡』は、寺山の死後、田中未知によって編集、出版された未発表歌集である。既視感を伴う作品が多く、新たな方法や境地のほとんど見られない遺歌集となった。しかし、寺山の歌には、やはり寺山の想像力が横溢している。他の歌人にはない、ある種の懐かしさが感じられるのだ。それは甘美な抒情、あるいはロマネスクのような世界として私たちを幻惑する。早熟でもあり老熟でもある、何とも愛惜極まりないない抒情。詐欺師のように、占い師のように、紡ぎ出される言葉。前衛と呼ばれた歌人たちのなかで、こうした懐かしさを堪能させてくれるのは、寺山修司ただ一人である。

（武藤雅治）

◉参考資料

『寺山修司全歌集』沖積舎、昭和五十七年
「特集　寺山修司の世界」「短歌」昭和六十三年十二月
『新潮日本文学アルバム　寺山修司』新潮社、平成五年

●つかもと　くにお

塚本邦雄

大正十一年九月七日――平成十七年六月九日

滋賀県五個荘村（現東近江市）生まれ。神崎商業学校を卒業し、商社に就職。歌誌「日本歌人」等を経て、昭和二十四年、杉原一司たちと同人誌「メトード」を創刊。昭和二十六年、第一歌集『水葬物語』刊行。同年、異能の編集者、中井英夫に認められ「短歌研究」等に作品を発表。岡井隆、寺山修司らとともに前衛短歌運動の中心人物となる。昭和期戦前のモダニズム短歌を出発点にした塚本は、近代短歌にはない新しい方法論を作品の上に展開した。句割れ、句跨りによる独自の韻律、主題制作、斬新な喩法などがそれであり、現代短歌に多くの影響を与えた。古今東西の文学、芸術、思想に関する造詣が深く、塚本美学と呼ばれる反時代的な美意識で読者を魅了した。終末の予感、戦争に対する呪詛をベースにした希有なる定型空間を構築した。『日本人靈歌』『感幻樂』『不變律』など二十数巻の歌集の他、小説、俳句、評論がある。平成十七年六月、八十四歳で逝去。

戦争のたびに砂鐵をしたたらす暗き乳房のために祈るも

『水葬物語』（昭和二十六年）

乳房から砂鐵がしたたる、と表現されているが、これは塚本が幻視した虚構である。方法としては暗喩であり、人間的な子育てを奪い取られた母親の悲しみが悲劇的に詠まれている。また、この乳房は女性性の象徴的な意味も込められており、産む性としての悲惨さばかりでなく、女性としての性の本質そのものの危機をも告発している。戦争によって、あらゆるものが不毛にさせらてゆくことへの怒りと祈り。イデオロギーとしてではなく、暗い呪詛としての戦争否定がここにはある。アジア・太平洋戦争の敗戦を契機にしているが、地球上すべての紛争、内戦、テロへの想像力を喚起させる作品である。

日本脱出したし　皇帝ペンギンも皇帝ペンギン飼育係りも

『日本人靈歌』（昭和三十三年）

倒置法、そして定型律を打ち破った新たな韻律は、大胆かつ斬新である。寓喩的な内容が、読者の想像力に働きかけ、挑発するかのようである。短歌評論家の菱川善夫は、「皇帝ペンギン」を昭和天皇、「皇帝ペンギン飼育係り」を日本国民の比喩だと解釈した。こうした読み方から見えてくるのは、戦後の日本社会全体の戯画的なイメージである。支配者も被支配者も、脱出しようにも脱出できず、ただオロオロと日常に甘んじて為す術のなさ。戦争責任は宙吊りとなったまま、不本意な平和を自覚させられる。こうした構図を塚本は、痛烈に皮肉っているのである。

馬を洗はば馬のたましひ冱ゆるまで人戀はば人あやむるこころ　『感幻樂』（昭和四十四年）

初句七音で始まるこの歌の調子は、歌謡を基調にしたものである。対句的構成法も効果的であり、おそらく、『梁塵秘抄』などから取り入れた韻律であろう。大岡信は、「結句にあるべき七音が、一首の頭に置かれることにより、歌全体が、終わりからふたたび始まっているような回帰的・旋回的印象を与える」と述べている。水滴の飛び散る馬体の映像的イメージが、後半部分で、殺意を含んだ恋へと転位する手法は鮮烈である。「馬のたましひ冱ゆるまで」という措辞から、武士道に着想した作品であるとする読みがある。人間の恋の姿に、塚本らしい美意識が込められていると言えよう。

柹の花それ以後の空うるみつつ人よ遊星は炎えてゐるか　『森曜集』（昭和四十九年）

華麗で鮮烈なメタファーを駆使した塚本にも、この歌の上句にみられるような瑞々しい感覚の措辞がある。柿は若葉の季《とき》を過ぎて、六月ごろ白い小さな花をつける。清楚な花はあまり目立たない。いつのまにか散ってしまい、やがて梅雨を迎える。「それ以後の空うるみつつ」が季節の移ろいをよく捉えている。俳句的情景と言えよう。だが、この歌は下句で一変する。さて人よ、あの星は、はたして炎えているのか、と問いかける。人は、人間全体を指すと同時に、自分自身を指した自問の言葉かもしれない。「遊星」は火星であろうか。湿潤な地上に対比させて、果てしもない遙か遠景に炎える星は、いったい何をイメージしたのだろうか。坂井修一は、「鮮やかな言葉のイメージをもつ、不吉な詠嘆の歌である。このまがまがしい詠嘆は、歌人塚本の宿命を自ら予言しているようにも見える。」と鑑賞する。一つの読み方であろう。

おほきみはいかづちのうへわたくしの舌の上には烏賊《いか》のしほから

『獻身』（平成六年）

権威を覆す方法として、換骨奪胎のパロディがある。短歌におけるこのパロディには、狂歌という伝統がある。塚本のこの作品も狂歌の伝統を現代短歌に生かしたものである。柿本人麻呂の「大君《おほきみ》は神にし坐《ま》せば天雲《あまくも》の雷《いかづち》の上《うへ》に庵《いほり》せるかも」を捩って、塚本はいったいどのような権威を覆そうとしたのか。この場合の「もじり」はいわゆる本歌取りでないことは明らかだ。「大君」と言えば天皇、「いかづちのうへ」の神としての天皇が比喩されている。「わたくし」と言えば、公僕として畏まる一庶民を比喩、と読むことができよう。「烏賊のしほから」が卑下を装った風刺であるとすれば、恐るべきパロディである。

（武藤雅治）

◉参考資料

『塚本邦雄全集』全十五巻別巻一　ゆまに書房、平成十年十一月

安森敏隆『創造的塚本邦雄論』而立書房、昭和六十二年

坂井修一『鑑賞現代短歌　塚本邦雄』本阿弥書店、平成八年

参考資料一覧

鈴木泰恵

◉総合全集・叢書類（個人全集は除く）

『現代自選歌集』全六巻　大4～6　新潮社

『現代代表自選歌集』全六巻　大4～昭3　改造社

『現代短歌全集』全二十二巻　昭4～6　改造社

『短歌文学全集』全十二巻　昭11～12　第一書房

『新万葉集』全十一巻　昭12～13　改造社

『昭和歌人叢書』全十巻（八巻で中絶）　昭15　甲鳥書林

『現代短歌』全五巻　昭15　河出書房

『現代短歌叢書』全十巻　昭15～16　弘文堂書店

『現代歌集』全三巻　昭22　河出書房

『現代短歌大系』全十巻　昭27～28　河出書房

『現代短歌全集』全八巻（文庫版）　昭27～28　創元社

『現代短歌大系』全十二巻　昭47～48　三一書房

『昭和万葉集』全二十巻・別巻一　昭54～55　講談社

『現代短歌全集』全十五巻　昭55～56　筑摩書房

『現代歌人叢書』全六十一巻・別巻一　昭47～平2完結　短歌新聞社

『現代短歌全集』全七十三巻・別巻一　昭61～平3　短歌新聞社

『昭和歌人集成』全三十八巻・別巻一　昭59～平6　短歌新聞社

『増補版現代短歌全集』全十七巻　平4　筑摩書房

◉講座

『短歌講座』全十二巻　昭6　改造社（のち改訂版全六巻は昭10）

『短歌作法講座』全三巻　昭11　改造社

『短歌文学講座』全三巻　昭15～16　三笠書房

『明治大正短歌史料大成』（小泉苳三編）　全三巻（『明治歌論資料集成』『明治大正歌書綜覧』『明治大正短歌大年表』）　昭15～17　立命館出版部

『近代短歌講座』全三巻　昭25～26　新興出版社

『短歌文学読本』全九巻　昭25～34　雄鶏社

『『日本秀歌』全十三巻　昭31～33　春秋社

『日本歌人講座』全八巻　昭43～44　弘文堂

『和歌文学講座』全十二巻・別巻二　昭44～45　桜楓社

『短歌シリーズ・人と作品』全二十四巻　昭55～56　桜楓社

◉辞典・事典

『作歌辞典』窪田空穂・尾山篤二郎　昭22　改造社

『近代短歌辞典』赤木健介他　昭25　新興出版社

『和歌文学大辞典』伊藤嘉夫他　昭37　明治書院

『和歌鑑賞事典』窪田章一郎他　昭45　東京堂

『現代短歌辞典』（「短歌」臨増号）　青年歌人会議　昭53　角川書店

『現代短歌鑑賞辞典』窪田章一郎・武川忠一　昭53　東京堂出版

『現代名歌鑑賞事典』本林勝夫・岩城之徳　昭62　桜楓社

『歌語例歌事典』鳥居正博　昭63　聖文社

『日本名歌集成』秋山虔他　昭63　学燈社

『和歌の鑑釈と鑑賞事典』井上宗雄・武川忠一　平11　笠間書院

『現代短歌大事典』篠弘・馬場あき子・佐佐木幸綱監修　平12　三省堂

『現代短歌の鑑賞事典』馬場あき子監修　平18　東京堂出版

◉雑誌特集

「歌人と結社」（「解釈と鑑賞」昭27・4）

「鑑賞短歌史」（「解釈と鑑賞」昭31・7）

「現代短歌の総合探求」（「国文学」昭33・9）

「『明星』派の文学」（「解釈と鑑賞」昭33・11）

「アララギ派短歌の総合探求」（「国文学」昭34・12）

「短歌の本質と実態」（「解釈と鑑賞」昭35・7）

「処女歌集の研究」（「短歌」昭37・1）

「短歌とその風土」（「短歌」昭38・1）

「近代短歌と風土」（「国文学」昭38・2）

「現代短歌の諸相」（「解釈と鑑賞」昭39・2）

「特集・処女歌集」（「本の手帖」昭39・5）

「明星派の人と文学」（「国文学」昭39・12）

「結社の諸相」（「短歌」昭41・11）

「短歌一〇〇年史」（「解釈と鑑賞」昭42・1）

「明治百年短歌史」上下（「短歌」昭42・8～9）

「近代詩歌鑑賞の手帖」（「国文学」昭43・10）

「近代短歌・結社と方法」（「解釈と鑑賞」昭46・4）

「短詩型文学」（「文学」昭51・1）

「短歌―日本人の存在の奥にあるもの」（「国文学」昭

52・2）

「現代短歌のすべて、そしてピープル」（「短歌」昭52・7臨増号）

「臨時増刊号　編年体・日本近代詩歌史―詩と短歌と俳句と」（「国文学」昭53・2）

「短歌に何を求めるか」（「国文学」昭58・2）

「現代短歌の世界」（「解釈と鑑賞」昭61・5）

「近代詩歌の諸問題」（「国語と国文学」昭61・5）

「昭和短歌の世界」（「アサヒグラフ」昭61・12）

「短歌―「歌集」のベクトル」（「国文学」昭63・10）

「特集・昭和の歌集Ⅰ～Ⅷ」（「短歌現代」平成1・5～2・4）

「短歌　創作鑑賞マニュアル」（「国文学」平2・9）

「臨時増刊号　短歌の謎―近代から現代まで」（「国文学」平10・11）

「短歌の争点ノート」（「国文学」平14・6）

「短歌と韻律　身体のリズム」（「国文学」平18・8）

◉短歌史

『明治短歌史論』片桐顕智　昭14　人文書院

『明治大正短歌史』新間進一　昭23　東京堂

『明治大正短歌史』斎藤茂吉　昭25　中央公論社

『続明治大正短歌史』斎藤茂吉　昭26　中央公論社

『近代短歌史明治篇』小泉苳三　昭30　白楊社

『明治短歌史』窪田空穂・土岐善磨・土屋文明（編）昭33　春秋社

『大正短歌史』窪田空穂・土岐善磨・土屋文明（編）昭33　春秋社

『昭和短歌史』窪田空穂・土岐善磨・土屋文明（編）昭33　春秋社

『近代短歌史研究』国崎望久太郎　昭35　桜楓社

『現代短歌の源流―座談会形式による近代短歌史』勝本清一郎・吉田精一・木俣修（編）昭38　短歌研究社

『定本近代短歌史』上下　渡辺順三　昭38～39　春秋社

『昭和短歌史』木俣修　昭39　明治書院

『近代短歌の史的展開』木俣修　昭40　明治書院

『新短歌の歴史』中野嘉一　昭42　昭森社

『近代歌壇史』新間進一　昭43　塙書房

『近代短歌史論』新間進一　昭44　有精堂
『大正短歌史』木俣修　昭46　明治書院
『近代短歌史―無名者の世紀』篠弘　昭49　三一書房
『戦後短歌史』上田三四二　昭49　三一書房
『近代短歌論争史―明治大正編』篠弘　昭51　角川書店
『近代短歌論争史―昭和篇』篠弘　昭56　角川書店
阿部正路『短歌史』昭56　桜楓社
本林勝夫『近代歌人』昭57　桜楓社
『現代短歌史Ⅰ―戦後短歌の運動』篠弘　昭58　短歌研究社
『現代短歌史の争点―対論形式による』篠弘　平10　短歌研究社
阿木津英・内野光子・小林とし子『扉を開く女たち　ジェンダーからみた短歌史』平13　砂子屋書房

◉研究・評論

久保田正文『近代短歌の条件』昭55　教育出版センター
藤田福夫『近代歌人の研究―歌風、風土、結社』昭58　笠間書院
篠弘『自然主義と近代短歌』昭60　明治書院
『別冊文芸読本　女流短歌』昭63　河出書房新社
神戸利郎『アララギの巨匠たち』平3　令文社
加藤孝男『美意識の変容』平5　雁書館
奥村晃作『抒情のただごと』平6　本阿弥書店
大滝貞一『現代短歌の魅力』平9　短歌新聞社
小池光『現代歌まくら』平9　五柳書院
安森敏隆・上田博『近代短歌を学ぶ人のために』平10　世界思想社
梶木剛『抒情の行程　茂吉、文明、佐太郎、赤彦』平11　短歌新聞社
『歌の源流を考えるⅠ』平11　ながらみ書房
来嶋靖生『短歌論集　現代短歌の秋』平11　角川書店
小池光・三枝昂之・島田修三・永田和宏・山田富士郎『昭和短歌の再検討』平13　砂子屋書房
『歌の源流を考えるⅡ』平14　ながらみ書房
関川夏央『現代短歌　そのこころみ』平16　日本放送出版協会
糸川雅子『定型の回廊』平17　ながらみ書房
島田修三『「おんな歌」論序説』平18　ながらみ書房
『島津忠夫著作集　第9巻（近代短歌史）』平18　和泉書

院
武川忠一『近代歌誌探訪』平18　角川書店
『展望現代の詩歌　第6巻・第7巻（短歌1・2）飛高隆夫、野山嘉正編　平19　明治書院
武川忠一『作品鑑賞による　現代短歌の歩み』平19　飯塚書店
玉城徹『素描・二十世紀短歌』平20　短歌新聞社
大辻隆弘『アララギの脊梁』平21　青磁社
『石本隆一評論集1〜10』平9年〜平22　短歌新聞社
篠弘『遺すべき歌論―二十世紀の短歌論』平23　角川書店
三枝昻之『昭和短歌の精神史』平24　角川学芸出版
河野裕子『うたの歳時記』平24　白水社

◉入門書

木俣修・安田章正『現代短歌手帖』昭27　創元社
窪田章一郎『短歌入門』昭41　春秋社
木俣修『短歌の作り方』（増訂版）昭45　明治書院
大野誠夫・馬場あき子・佐佐木幸綱『短歌のすすめ』昭50　有斐閣
近藤芳美・中野菊夫・前田秀『現代短歌の世界・作歌と作法』昭51　古川書房
生方たつゑ『短歌への出発』昭55　角川書店
近藤芳美『短歌入門』昭54　筑摩書房
本林勝夫・武川忠一『現代短歌を学ぶ』昭55　有斐閣
大野誠夫『短歌入門』昭55　家の光協会
司代隆三『短歌用語辞典』昭56　飯塚書店
森川平八『短歌文法入門』昭56　飯塚書店
宮柊二『短歌実作入門』昭57　立風書房
吉野秀雄『短歌とは何か』昭58　弥生書房
土屋文明『新短歌入門』昭61　筑摩書房
佐藤佐太郎『短歌を作るこころ』増補版　昭63　角川書店
佐々木妙二『現代語短歌鑑賞』昭63　短歌新聞社
佐藤佐太郎『短歌を作るこころ』平17　角川学芸出版
近藤芳美『『短歌と人生』語録　作歌机辺私記』平17　砂子屋書房
加藤治郎『短歌トレリック入門：修辞の旅人』平17　風媒社
穂村弘・東直子・沢田康彦『短歌はじめました。百万人

の短歌入門』 平17 角川ソフィア文庫

玉城徹『短歌復活のために 子規の歌論書簡』 平18 短歌新聞社

小高賢『現代短歌作法』 平18 新書館

岡井隆『わかりやすい現代短歌読解法』 平18 ながらみ書房

樋口覚『短歌博物誌』 平19 文春新書

大塚布見子『新しい短歌の作法』平23 短歌新聞社選書

穂村弘・東直子・沢田康彦『ひとりの夜を短歌とあそぼう』 平24 角川ソフィア文庫

篠弘編著『現代の短歌 篠弘の選ぶ一〇〇人・三八四〇首 新版』 平24 東京堂出版

三枝昂之編著『今さら聞けない短歌のツボ一〇〇』 平24 角川短歌ライブラリー

高野公彦『わが秀歌鑑賞 歌の光彩のほとりで』 平24 角川短歌ライブラリー

岡井隆『岡井隆の短歌塾 入門編』 平24 角川短歌ライブラリー

秋葉四郎・岡井隆・佐佐木幸綱・馬場あき子監修『短歌入門 決定版』 平24 角川短歌ライブラリー

後記

明治維新から百四十年余を過ぎ、近代という時代を捉えるのもなまやさしいことではありません。たとえば、明治時代に人々が体験した〈西洋〉のイメージ一つをとっても、大正、昭和、平成へと長い時間を経るうちに少なからず変容を示していると思われます。漱石がイギリスで、鷗外がドイツで受容した西洋があり、また短歌の領域に目を向ければ、与謝野晶子が体験したフランスの都市文化があり、斎藤茂吉がヨーロッパ留学で受容した西洋美術の数々があります。

こうした西洋受容の展開の中で、近代文学史を織りなす縦糸が形成されてきたことは確かなところでしょう。かえりみれば、日本の近代社会は西洋の摂取のもとにその形を整えてきました。文学においても、小説、戯曲、詩などはそうした形成構造をなしていたと思われます。

ところが、千年を超える伝統を有する短歌（和歌）においては、事情をいささか異にしていたと言えるでしょう。短歌は周知のように万葉、古今、新古今へと独自の文芸様式を長い年月をかけて練り上げてきた伝統があり、おのずから西洋の文芸思潮と融合しがたい部分が根強くありました。そのような伝統性と西洋文芸思潮との間に独特の相関性を示しつつ、いわゆる近代短歌史が形成されてゆくことになります。

このような点から考えるとき、正岡子規や与謝野鉄幹、晶子らが登場する以前の明治前半期の短歌史の状況をも視野におさめつつ、近代短歌史を捉えてゆかなければならないでしょう。本書で取り上げた歌人は落合直文、佐佐木信綱以後の歌人たちということになりましたが、いわゆる旧派和歌の歌人たちの活動や、開化新題和歌、和歌改良論などの短歌運動を逸することはできません。本書の近代短歌史を扱った章で、そうした明治前半期の短歌界の状況についてやや詳しく論じたゆえんです。

さて、こうした短歌の領域の特質から、その後の近現代短歌史は小説や詩の領域とは異なる独特の様相を呈するようになります。口語と文語の問題や、写実と反写実、定型と非定型、旧仮名と新仮名の問題などが今なお短歌の基本を論ずる視点として繰り返し提起されていることからも明らかでしょう。

しかしながら、短歌が現代に重要な位置を占める文芸として、西欧近現代の文芸思潮と深い関連をもつこともまた明らかです。鉄幹・子規の短歌革新運動、明星派の浪漫主義、夕暮・牧水・啄木らの自然主義、白秋・勇らの耽美派、大正期の生命主義的な外光派歌風の展開、さらに口語短歌、自由律短歌、太平洋戦争後の前衛短歌運動に至るまで、概して西洋の時代思潮、文芸思潮との連繫の中で生起したと言えるでしょう。

以上見てきたような伝統の水脈と西洋受容という独特の構造の中で、近現代短歌史が形成されてきたわけであり、加えてそこに近代日本という時代の社会状況が大きく影を落としていたことも確かです。そうした複雑な文芸思潮と時代相を背景に、短歌という文芸様式が現代へと至っているのです。

現在の日本は、周知のように東日本大震災の被災下にあります。短歌表現の可能性がいかに切り拓かれてゆくのか、また短歌が現代においていかなる意義をもちうるのか、短歌形式のあり方をあらためて見つめるとき、現在に至るまでの短歌文芸の軌跡を捉え直すことは必須のことがらでしょう。そうした短歌の「今」を考えるにあたり、近代短歌を鳥瞰した本書がその一助としていささかなりとも役割をもちうるならば幸いと考えています。

山田吉郎

平成二十四年七月十八日

執筆者紹介（あいうえお順）

木村雅子（きむら・まさこ）　一九四八年生。祖父太田水穂。祖母四賀光子、父太田青丘、母絢子に師事。現在「潮音」代表。歌集に『星のかけら』（短歌新聞社）『夏つばき』（短歌研究社）。『木村雅子歌集―現代短歌文庫―』（砂子屋書房）

久々湊盈子（くくみなと・えいこ）　一九四五年生。歌人。歌集に『熱く神話を』（短歌新聞社）、『黒鍵』『家族』『射干』『あらばしり』『紅雨』（以上砂子屋書房）、『鬼龍子』（角川書店）。インタビュー集『歌の架橋』（砂子屋書房）。評論『安永蕗子の歌』（雁書館）他。

久留原昌宏（くるはら・まさひろ）　一九六三年生。鈴鹿工業高等専門学校准教授。三重県文学新人賞受賞。歌集『トーチ・ソングス』（短歌新聞社）、共著『前田夕暮百首』（秦野市立図書館）他。

河野有時（こうの・ありとき）　一九六八年生、東京都立産業技術高等専門学校准教授　『石川啄木　コレクション日本歌人選035』（笠間書院）『論集　石川啄木Ⅱ』（国際啄木学会編　おうふう）他。

佐々木靖章（ささき・やすあき）　一九四〇年生　茨城大学名誉教授　共編『有島武郎全集』（筑摩書房）『山村暮鳥全集』（同前）編著『萩原朔太郎　晩年の光芒』（てんとうふ社）『夏目漱石　蔵書（洋書）の記録』（同前）。

沢口芙美（さわぐち・ふみ）　一九四一年生。歌人。國學院大学で岡野弘彦に師事。現代歌人協会、日本文藝家協会会員。歌集『フェベ』（砂子屋書房）『わが眼に翼』（角川書店）評論『大西民子の歌』（雁書館）他。

鈴木泰恵（すずき・やすえ）　一九五九年生。早稲田大学他非常勤講師。『狭衣物語／批評』（翰林書房　二〇〇七年）、『国語教育とテクスト論』（共編著　ひつじ書房、二〇〇九年）他。

永岡健右（ながおか・たけすけ）　一九四二年生。日本大学教授。主な著書『与謝野鉄幹研究―明治の覇気のゆくえ―』（おうふう）『東西南北、みだれ髪』（和歌文学大系第二十六巻、明治書院）他。

長澤ちづ（ながさわ・ちづ）　一九四六年生。石本隆一に師事。現在氷原短歌会代表。日本歌人クラブ中央幹事。ＮＨＫ学園・朝日カルチャー・相模女子大学講師。歌集『海の角笛』（短歌研究社）他。

中根誠（なかね・まこと）　一九四一年生。長く茨城県立高校に勤務。歌誌「まひる野」運営・編集委員。歌集『あられふり』（砂子屋書房）『境界（シュヴェレ）』（ながらみ書房）他。

野地安伯（のじ・やすのり）　一九四〇年生。歌人。歌人現代歌人協会会員。歌誌「白路」代表。歌集『風の通る道』（ながらみ書房）他。『神奈川の文学碑をあるく』（有斐閣・共著）「吉井勇覚書」（文教大学女子短期大学部紀要）他。

福永和彦（ふくなが・かずひこ）　一九二七年生、歌人　氷原短歌会顧問。

松田愼也（まつだ・しんや）　一九五二年生。上越教育大学教授『歌集幾億の朝』（アトリエ・しょう）。

武藤雅治（むとう・まさはる）　一九五一年生れ。歌人。評論集『抒情の水位』（ながらみ書房）歌集『指したるゆびは撃つために』（閃の会出版部）。

山田吉郎（やまだ・よしろう）　一九五四年生、鶴見大学短期大学部教授・歌人。著書に『前田夕暮研究―受容と創造―』（風間書房）『丹沢の文学往還記』（夢工房）歌集『実朝塚の秋』（短歌研究社）他。

今こそよみたい近代短歌

発行日	2012年10月 1 日　初版第一刷
編　者	長澤ちづ 山田吉郎 鈴木泰恵
発行人	今井　肇
発行所	翰林書房

〒101-0051 東京都千代田区神田神保町2-2
電 話 03-6380-9601
FAX 03-6380-9602
http://www.kanrin.co.jp/
Eメール●kanrin@nifty.com

印刷・製本　シナノ

ISBN978-4-87737-337-5